◎青少年常识读本系列丛书◎

谜语集锦

陆　雨 ◆ 编著

吉林人民出版社

图书在版编目(CIP)数据

谜语集锦 / 陆雨编著. -- 长春 : 吉林人民出版社,
2012.5

(青少年常识读本系列丛书)

ISBN 978-7-206-09047-9

Ⅰ.①谜… Ⅱ.①陆… Ⅲ.①谜语 – 汇编 – 中国 – 青
年读物②谜语 – 汇编 – 中国 – 少年读物 Ⅳ.
①I277.8-49

中国版本图书馆CIP数据核字(2012)第112114号

谜语集锦

MIYU JIJIN

编　　著:陆　雨

责任编辑:田子佳　　　　　　　封面设计:七　洱

吉林人民出版社出版 发行(长春市人民大街7548号　邮政编码:130022)

印　　刷:北京市一鑫印务有限公司

开　　本:670mm×950mm　　　　1/16

印　　张:12　　　　　　　　字　数:90千字

标准书号:ISBN 978-7-206-09047-9

版　　次:2012年7月第1版　　　印　次:2023年6月第3次印刷

定　　价:38.00元

如发现印装质量问题,影响阅读,请与出版社联系调换。

目 录

CONTENTS

谜语的基本常识

主要几种谜语的介绍

谜语集锦

目　录

CONTENTS

谜语故事

目 录

CONTENTS

目 录

CONTENTS

目 录
CONTENTS

目 录

CONTENTS

谜语的基本常识

1. 谜语的起源与发展

谜语，古代称为廋（音sōu，就是隐藏的意思）辞、隐语、灯谜、灯虎等。其起源很早，相传早在夏、商、周时代就已出现廋辞。秦汉之后，《国语·晋语》中就记载："有秦客廋辞于朝，大夫莫之能对付也。"其特点是：话不直说，而用其他名称来代替。到了魏代，廋辞、隐语便逐渐演化为谜语。关于谜语的产生、发展及其特色，南朝著名文艺理论家刘勰在《文心雕龙·谐隐五》中就做了精辟的论述："自魏代以来，颇非俳优，而君子朝隐，化为谜语。谜也者，回互其辞，使昏迷也。或体目文字，或图像品物，纤巧以弄思，试察以苦辞，义欲婉而正，辞欲隐而显。……虽有小巧，用乖远大。"

随着社会的繁荣和发展，到了唐代，谜语渐渐盛行起来。据记载，每到农历正月十五元宵佳节之夜，人们喜欢在大街小巷、门口厅堂披红挂彩，悬挂花灯，花灯上或写或贴上丰富多彩、新颖有趣的谜语，令人兴致勃勃。人们把这种花灯上的谜语叫做"灯谜"。因其隐晦难解，人们又叫它"灯虎"。宋代时，谜语继续发展，到了明清时代，已相当普及了。每年元宵之夜的灯谜游乐活动盛况空前。

由于谜语精巧独特的艺术形式和强烈的魅力，不仅人民群众喜欢，历史上一些著名人物也很感兴趣。如宋代大文学家王安石、苏东坡等就常作谜语游戏。如"目字加两点，不作贝字猜"〔贺〕、"贝字欠两点，不作目字猜"〔资〕就是王安石制作的。

今天，谜语更是普及，猜谜活动具有极为广泛的群众基础。不能东西南北、男女老少，都有大量的猜谜爱好者。每逢节日，许多单位便积极筹办猜谜活动，吸引着许许多多的群众参与。同时，许多制谜者，本着对谜语艺术，对祖国下一代发展的负责态度，把目光投向少儿学习、生活中去，制出了许许多多脍炙人口，为广大少儿感兴趣，有益身心健康的谜语，这无疑为我们学习、运用提供了丰富的艺术营养。

2. 谜语的结构形式

谜语一般由谜面、谜目和谜底三个部分组成。(有的谜语用谜格制成，便还有谜格)例如：

没心思（猜字一）〔田〕

例中，"没心思"是谜面，"猜字一"是谜目，"田"字便是谜底。

（一）谜面

这是谜语的主要部分，是以隐蔽的形式表达描绘的形象、性质、功能等特征，以供人们猜射的说明文字、图形、符号、实物等。它既提出问题，同时又为揭示谜底提供条件或线索，是谜语艺术的表现部分。谜面一般由洗练而形象的诗词、短语、警句、字、词或简明的图形、符号、具体的实物组成。要求简单明了，隐寓恰当，富于巧思。

（二）谜目

谜目是给谜底规定范围的。如上例中"猜字一"就限定谜底只能是一个字，不能多于一个字或猜别的东西。否则，算没猜中。有些谜语的谜底有两个及其以上的，谜目要明确规定，让猜者按规定的范围去猜。

例如：加一笔，教学生；少一笔，带士兵。(猜字二)〔师、帅〕

例中，"猜字二"便限定要猜的谜底是两个。

由于猜谜语，又有射谜、打谜等说法，所以谜目也可写成"射字一"、"打字一"等。

（三）谜底

谜底是指谜面所隐寓的、要人们猜射的事物，即谜面所提出问题的答案。相对谜面来说，它是谜语的内在隐藏部分。谜底要求既扣合谜面的内在含意，又符合谜目限定的范围，让人一见有"恍然大悟"、"茅塞顿开"的感觉。

一般说来，谜底字数较少，一个字、一个词（成语）、一个名称，最多也只是一、二句诗。如谜底字数多的谜语，不好猜，也不好制。

谜底可以别体，可以顿读、连续或谐读，以扣合谜面。

例如：失约（猜体育名词一）〔围棋〕

例中，"失约"意为"违期"，"围棋"与"违期"谐音，所以谜底就是"围棋"。

有些谜语的谜底与谜面互相调换后，仍可成谜，叫做"一谜互为底面"。

例如：伴奏（猜成语一）〔助人为乐〕

反之：助人为乐（猜音乐名词一）〔伴奏〕

3. 谜语的规则

谜语在其漫长的发展过程中，形成了一些约空俗成的"规矩"，这便是谜语的基本规则。具体地说，谜语的规则有以下"六忌"：

1. 忌面不成文

谜面必须是能表达一定意义的词、符号、图形或实物（谜面是一个字的除外）。而且，要求文字优美、富于文采，才会吸引人。否则，面不成文，缺乏谜的味道，难以引起人们的兴趣。

例如：山山（猜字一）〔出〕

例中，虽然谜底谜面相扣合，但"山山"不成文，故不成谜。如把谜面改为"山外有山"，就具谜味了。

2. 忌面有闲字

谜面文字要求简练，做到猜射时，字字都派上用场，不出现"闲字"。

例如：认真复习（猜字一）〔羽〕

例中，以"复习"扣合"羽"字，成一条谜，加上"认真"，反成了多余。

3. 忌底面重字

谜底与谜面的字不允许重复。否则，出现了重复的字，就叫"犯谜"。

例如：杜绝放牛（猜唐代诗人一）〔杜牧〕

例中，谜面与谜底同时出现"杜"字，"犯谜"了，是不应该的。如谜面改为"禁止放牛"就正确了。

4. 忌不符事实

制谜时，虽允许充分运用想象的手法，但仍应有一定的事实根据，尤其是纪事的谜面。不符合事实的谜，往往会失去猜射的意义。

例如：六月天下雪（猜学校用语一）〔寒假〕

例中，尽管谜面、谜底相扣合，但"六月天下雪"显然没有事实根据，谜不成立。

5. 忌"头重脚轻"

在制谜用字用词时，要注意把大概念放在谜底，小概念放在谜面。如果颠倒了关系，造成"头重脚轻"，就会导致概念混乱，谜面与谜底无法相扣合。

例如：婉言教导（猜学习用品之一）〔圆规〕

例中，谜底的"规"理解为劝导、规劝的意思，属小概念；而谜面的"教导"不单只是规劝的意思，属大概念。所以，可把谜面改为"婉言劝导"，就准确了。

6. 忌内容低俗

猜谜语活动之所以为人们所喜欢，在于它不仅能使人增长见识，启人思维，且寓教于乐，让人在兴味盎然的情趣中得到情的陶冶，理的启迪，心灵得到净化、美化。如果思想空虚，内容低级、庸俗，必然达不到陶育人的目的，也不可能为人们所喜爱。

例如：有一年的大年初一，一位姓林的邀了几个朋友在家中猜谜作乐。桌面上摆着一大盘柑。这时，进来一位瞎了一只眼的杨姓朋友，这位主人开口说："老杨进家门就看着桌面，猜成语一。"大家一时愣着，猜不出。主人揭开了"一见大吉"。大家顿时哄笑起来。没想到，这位姓杨的朋友跟主人大吵了起来……

例中，"柑"俗称"大吉"；杨姓朋友瞎了一只眼，只剩下一只眼睛，看到了桌面上的"柑"，是"一见大吉"。底面可谓扣合。然而，却揭了客人的痛处，难怪要吵起来。可见，讲究谜语内容的健康是多么重要!

4. 猜制谜语的方法

我国的谜语在其发展过程中，人们总结了许多猜、制谜语的方法。猜谜和制谜在方法上基本是一致的。学会了猜谜，就可学制谜；掌握了制谜方法，就能提高猜谜水平。下面，介绍一些常用的制谜、猜谜的方法。

（一）谜语的常用猜制方法

1. 会意法

就是按事物所含的意思，隐去其本来面目，而化作为另一种意思来制出谜面。这是最普通、最常见的方法。

例如：重逢（猜字一）〔观〕

例中，"观"字由"又"、"见"两字组成，"又见"就是"又见面"，化作另一种意思，便是"重逢"。

2. 象形法

又叫比喻法，它是利用汉字笔画、偏旁的形态特征或事物的自然形象特点做比喻来构成谜面的。

例如：一口咬掉牛尾巴（猜字一）〔告〕

例中，"牛"字下部的"尾巴"被"口"字咬掉，不见了。这样的比喻生动、贴切。

3. 别解法

就是不按字的原来意思去理解，而是把它当作另一种意思，从而得出谜面。

例如：中国东部（猜成语一）〔有朝一日〕

例中，将谜底表示时间的"朝"、"日"别解为位于"中国东部"的朝鲜的"朝"和日本的"日"，从而产生谜面。

4. 分扣法

就是把事物的字义分为若干部分，在各部分上想出其比喻：暗示或俗称，再连起来成谜面。

例如：芙蓉吐艳（猜花名一）〔荷花〕

例中，花名"荷花"分开成"荷"和"花"，"荷"又称"芙蓉"，"花"具"吐艳"的意思，连起来谜面即为"芙蓉吐艳"。

5. 离合法

又叫拆字法，就是把字拆开，然后在拆开后的偏旁上去联想，想出它和一些有关连的字的联系，来制成谜面。

例如：功过各一半（猜字一）〔边〕

例中，把"边"字拆开成"之"和"力"，分别是"功"字，"过"字的半部分，于是连起来得出谜面："功过各一半"。

6. 反演法

就是不按事物原来的意思去考虑，而从反面（对面）的情景去联想会意，构成谜面。

例如：挑年轻的（猜语文课文作者一）〔老舍〕

例中，与"老"相对应的是"年轻的"，"舍"的反义词是"挑取"，连接起来，"挑年轻的"便为谜面。

7. 换算法

就是用同等数量的词语的变换和运算来扣合而制成谜语。

例如：七十二小时（猜字一）〔晶〕

例中，谜底"晶"字分开为三个"日"，一个"日"换算为二十四小时，三个字"日"字便是"七十二小时"。

除上述介绍的七种常用猜制方法外，还有"假借法"、"拟人法"等等许多方法，这里就不一一介绍了。

（二）谜格

人们在谜语的长期研究、制作实践中，遇到谜无法制成的情况，不得已采取一种补救办法，这就是设定谜格，于是有了"谜格"。用格的谜语，猜射时一定要按照所规定的格式去思考才能猜中，难度较大。所以，考虑本书面向小学的实际，这里顺便选择几个简单常见的谜格作介绍，供猜射时参考。

1. 秋千格

含秋千格的谜语，谜底限两个字。解谜时，必须将谜底两个字如打秋千摆过来倒过去一样，倒过来读，以使含义扣合谜面。

例如：今天（猜国名一）〔日本〕

例中，谜面"今天"即为"本日"，按规定倒过来读作"日本"。

2. 卷帘格

含卷帘格的谜语，谜底有三个字或三个字以上。解谜方法与"秋千格"基本一样，将谜底如"珠帘倒卷"一样，由最末字起倒过来读，以扣合谜面。

例如：救护车（猜成语一）〔乘人之危〕

例中，谜面"救护车"专供"病危之人乘坐"，简言之为"危之人乘"，按规定倒读即为谜底"乘人之危"。

3. 徐妃格

徐妃格谜语的谜底须两字以上。谜底只读半面，但删掉的偏旁或部首必须相同。

例如：附注（猜动物一）〔螃蟹〕

例中，谜面"附注"，谜底读作"旁解"，各加上偏旁"虫"字成为"螃蟹"，才是真谜底。

4. 求凰格

求凰格谜语跟对联差不多，就是谜面为上联，谜底为下联，只是，解谜时，还必须在谜底的开头或末尾加上一个具有连接意思的附加字：对、齐、配、比、齐等等。

例如：马赛曲（猜成语一）〔对牛弹琴〕

例中，"牛弹琴"对"马赛曲""对"是附加的关联词。

5. 白头格

白头格谜语的谜底开头一个字要当作"白字"（即谐音）来读。

例如：炸油的豆腐（猜唐代诗人一）〔李白〕

例中，谜面的"炸油的豆腐"，里面仍是"白"色的；"里"字谐读为"李"，连起来就是谜底"李白"。

此外，还有玉带格、粉底格等二十多种谜格，要求各不相同，比较少见、少用，这里略去，不作介绍。

主要几种谜语的介绍

我们通常所见到的谜语，可谓种类繁多、形式各异，但比较主要的谜语有一字谜、句式谜、诗式谜、实物谜、画谜、哑谜、故事谜、符号谜等几种。

1. 一字谜

一字谜是指用一个字来做谜面的谜语。这种谜语，其面只有一个字，故其底、面关系比较隐蔽，对初学猜谜者而言，有一定的难度。猜久猜多了，掌握了要领，也就不难了。

例如：亚（猜成语一）〔有口难言〕

例中，谜面"亚"字，若再添上个"口"字，便成为"哑"字，岂不难言？

又例：斤（猜成语一）〔独具匠心〕

例中，谜面的"斤"字，便是谜底"匠"字的中心部件。猜起来饶有兴趣。

2. 句式谜

句式谜是指用词汇、成语、格言、警句、诗词原句等为谜面的谜语。这种谜的谜面取材于现成，故往往底面扣合比较自然，被广泛使用。

例如：容易（猜成语一）〔改头换面〕

例中，谜面"容易"二字分开来别解，"容"即"容面"、"面目"；"易"即"交换"、"改变"。合起来，谜底即为"改头换面"。

谜底与谜面扣合紧密。

又例：欲穷千里目，更上一层楼。

（猜二字词语一）〔高见〕例中，谜面由古诗句制成，运用会意法扣合即为"高见"，自然而生动。

3. 诗式谜

诗式谜是指用一首诗做谜面的谜语。这种谜语既有诗歌主题鲜明、语言流畅、音律和谐的特点，又具有含蓄，引人入胜的谜趣。

例如：不是西瓜不是蛋，用手一拨会打转，别看它的个儿小，能载海洋和高山。

（猜文具一）〔地球仪〕

例中，短短四句话二十八字，便准确、生动地勾勒出"地球仪"的形状、特点，充满诗情、谜趣。

诗式谜除全首一底外，有的是一句一底。

例如：一只有针没有线，一只有线没有针，一只点灯不干活，一只干活不点灯。

（猜四种昆种）〔蜜蜂、蜘蛛、萤火虫、纺织娘〕

例中，谜面诗中，每一句话抓住一种昆虫的特点进行描述，既有比较又有区别，写得准确、细致。

4. 实物谜

实物谜是指运用一件或几件具体的实物做谜面的谜语。这种谜，用来做谜面的实物叫做谜具。猜射这种谜，必须抓住谜具的名称、大小、形状、颜色、用途及其相互间的联系，来猜测其寓意或象征。

例如：谜具（枕头一个）（猜成语一）〔置之脑后〕

例中，谜面"枕头"，其作用便是"置于脑后"让人枕着。

又例：明太祖朱元璋第四子朱棣，封为燕王，管辖北平府。朱元璋死后，传位给长孙朱允炆。朱棣蓄谋已久，伺机篡位。当时，朱棣有位法号通衍和尚的密友，早看出其心思，有心协助，又不便直说，便送给朱棣一顶白纱帽，暗示自己的心意。朱棣也明白了，便收了下来。果然，后来朱棣在道衍的协助下，取得了皇位。

例中，道衍采用物谜手法来表明心意。因为朱棣是燕王，在"王"字头上戴上一顶"白"帽，就成"皇"字了。

5. 画谜

画谜是指运用一幅或几幅画来做谜面的谜语。猜射这种谜语，首先要充分看清画面内容，理解画面所画事物的象征、画面的结构，再按谜用限定的范围去猜测与之相符的字、词、句或事物。

6. 哑谜

哑谜是指用实物或画（谜具）作谜面，要求猜射者不说话，而用动作、神态来揭示谜底的谜语。猜射这种谜语，要有丰富的想象力，从实物或画的名称、形状、大小、颜色及其相互之间的位置，以及猜射者改变其位置、或拿实物做一个、几个动作来猜测其谜底。

例如：谜具（一个小木匣，一分、两分硬币各一枚）（猜成语一）〔入木三分〕

例中，将"一分"、"两分"的两枚硬币（合起来是"三分钱"）投入小木匣中，并把"三分钱"别解为表示深度的"三分"。

7. 故事谜

故事谜也叫谜语故事，其特点是：谜中有一个完整的故事，或一段耐人寻味的章节。这种谜最能引起人们的兴趣。

例如：古时候，有个汉子长得五大三粗，很是结实，可就是十分懒惰，整天只知吃喝玩乐，什么活也不干。后来，家中一贫如洗，穷得连饭也没得吃。这时，他才想干点活儿。一天，他听人说，世上有一种树叫摇钱树，只要拥有它，手一摇，钱便纷纷掉落眼前。于是，他欣喜若狂，到处打听。找啊找，一连九天九夜过去了，一点消息也没有。最后，他找到一位农夫，农夫告诉他："摇钱树，两枝杈，两枝杈上十个芽，摇一摇，开金花，创造幸福全靠它。"懒惰汉听后，沉思了一阵，恍然大悟："我明白了！"于是，立即跑回家干活。

例中，以借懒惰汉找"摇钱树"的故事，提出谜面"摇钱树，两枝杈……"，其谜底便是人的"双手"。故事写得通俗又含蓄、委婉，所蕴含的人生哲理"用双手劳动去创造幸福生活"，给人以启迪。

8. 符号谜

符号谜是指用某种符号，如音乐符号、标点符号、数字符号（或数字）或其他特定意义的符号做谜面的谜语。猜射时，应抓住符号的形状、或特定含义与相互关系等加以猜测。

例：÷（猜时间名词一）〔两点一分〕

例中，谜面是数学中的除法符号"÷"，用其构成特点：上边、下边共有"两点"，中间一个"一"分开，别解为表示时间的词。

又例：！（猜体育项目一）〔棒球〕

例中：谜面是由感叹号"！"制成，其形状类似体育项目中棒球"棒"和"球"组合起来故猜做"棒球"，形象、生动。

这里值得说明的是，在通常见到的部分谜语中，往往不单纯是某一种类型，而是同时兼具几种类型特点，所以在猜射时，应该细心揣摩、品味、领悟。

谜语集锦

1. 思想品德

（以下各猜文明礼貌用语一）

1. 求师。

2. 放松。

3. 送牛。

4. 不减肥。

5. 后起之秀。

6. 宽以待人。

7. 拨云驱雾。

8. 一路欢笑。

9. 向晚意不适。

10. 互助会没钱。

11. 举杯邀明月。

12. 司机辛苦了。

13. 第二次会面。

14. 使消费者欢喜。

15. 都是假凤虚凰。

16. 罗字结构分析。

17. 无可奈何花落去。

18. 春城无处不飞花。

19. 常以模范为榜样。

20. 太阳一出喜洋洋。（以下除随条注明外，各猜新词一）

21. 警。

22. 诱。

23. 徐。（猜新词句一）

24. 内秀。

25. 教案。

26. 学校安全教育。

27. 眼光朝着今后。

28. 背负青天朝下看。

29. 一朵红云天空飘，红云上面金星照，要数金星有几颗，一颗大来四颗小。（猜物一）

30. 系在脖子上，记在心里上，接班不忘它，烈士血染成。（猜物一）

31. ……5、4、3、2、1、（猜回归用语一）

32. 社会主义、资本主义。（猜政策用语一）

33. "七·一"鲜花更芬芳。（猜地名一）

34. 太阳出来璀璨。（猜比喻香港词一）（以下除随条注明外，各猜成语一）

35. 迎客松。

36. 踵。

37. 徐先生。

38. 海内海外，人心所向。

39. 十五的月亮。

40. 回。

41. 齐声唤，同心干。

42. 逆水划船。

43. 听笑话。

44. 15分钟 = 1000元。

45. 树高千丈到冬时。

46. 春蚕到死丝方尽，蜡炬成灰泪始干。

47. 方向不偏，弯路不走。（猜二字词一）

48. 爷爷做判断题。（猜六字词一）

49. 谁知盘中餐，粒粒皆辛苦。（猜四字词一）

50. 一寸光阴一寸一金，寸金难买寸光阴。（猜四字词一）

51. 改革开放的总设计师。（猜我国当代伟人一）

52. 诸葛亮会。

53. 小九九不离口。

54. 三言。

55. 言必行，信必果。（猜思品课目一）

56. 一堵篱笆三根桩，一个好汉三个帮。（猜思品课目一）

57. 春色满园关不住。（猜思品课目一）

58. 顾大局，识大体。（猜思品课目一）

谜　底

1. 请教。

2. 不要紧。

3. 献丑。

4. 保重。

5. 晚上好。

6. 不要紧。

7. 明天见。

8. 道喜。

9. 早上好。

10. 借光。

11. 敬请光临。

12. 劳驾。

13. 再见。

14. 不要客气。

15. 真对不起。

16. 多多包涵。

17. 感谢。

18. 多谢。

19. 老师好。

20. 光临寒舍。

21. 讲礼貌。

22. 语言美。

23. 人人为我，我为人人。

24. 心灵美。

25. 讲秩序。

26. 讲卫生。

27. 面向未来。

28. 面向世界。

29. 国旗。

30. 红领巾。

31. 倒计时

32. 一国两制。

33. 香港。

34. 东方之珠。

35. 宽以待人。

36. 千里之行，始于足下。

37. 三人同行，必有我师。

38. 众望所归。

39. 光明正大。

40. 表里如一。

41. 言行一致。

42. 力争上游。

43. 闻过则喜。

44. 一刻千金。

45. 叶落归根。

46. 鞠躬尽瘁，死而后已。

47. 正直。

48. 是非自有公论。

49. 爱惜粮食。

50. 珍惜时间。

51. 邓小平。

52. 集思广益。

53. 说话算数。

54. 真心话。

55. 《说到做到》。

56. 《有事大家商量》。

57. 《对外开放好》。

58. 《盲人摸象的启示》。

2. 语 文

（以下各猜字一）

1. 比手。

2. 先走。

3. 好米。

4. 排队。

5. 地壳。

6. 尖头。

7. 顶牛。

8. 狱中。

9. 鼓掌。

10. 舌头。

11. 缺点。

12. 零头。

13. 周末。

14. 留下。

15. 撇去。

16. 圈里。

17. 国内。

18. 种树。

19. 外孙。

20. 自己。

21. 剃头。

22. 对头。

23. 默读。

24. 背上。

25. 昂首。

26. 交心。

27. 石基。

28. 排后。

29. 尽头。

30. 全下。

31. 齐头。

32. 梳头。

33. 移后。

34. 枕头。

35. 盒盖。

36. 盘底。

37. 鸡头。   38. 滩头。

39. 边上。   40. 过头。

41. 念头。   42. 牵头。

43. 甜头。   44. 往后。

45. 皇后。   46. 额头。

47. 午后。   48. 空前。

49. 最后。   50. 上下。

51. 翘首。   52. 岸上。

53. 原始。   54. 田间。

55. 古文。   56. 错案。

57. 始末。   58. 创始。

59. 眼前。   60. 弹头。

61. 天下。   62. 积木。

63. 驼背。   64. 点心。

65. 空座。   66. 尖端。

67. 灭火。   68. 石头。

69. 破竹。   70. 买下。

71. 鱼肚。   72. 斧头。

73. 水落。   74. 一撇。

75. 九点。   76. 专车。

77. 一日。   78. 自传。

79. 日环食。   80. 一尺一。

81. 二尺二。   82. 一张弓。

83. 老朋友。   84. 镜中人。

85. 十二点。

86. 千年树。

87. 将相和。

88. 十五日。

89. 不出头。

90. 叠罗汉。

91. 宝中宝。

92. 多一半。

93. 九十八。

94. 六十天。

95. 写下面。

96. 他去也。

97. 女西装。

98. 泼水节。

99. 小刀会。

100. 土木系。

101. 退火炉。

102. 碰头会。

103. 中心点。

104. 植树节。

105. 一会儿。

106. 讲空话。

107. 半推辞。

108. 一头牛。

109. 三星期。

110. 北京话。

111. 丢了钱。

112. 鬼打架。

113. 十三点。

114. 十二月。

115. 不要吃。

116. 两代人。

117. 二斤水。

118. 千里草。

119. 第一页。

120. 三级材。

121. 动手术。

122. 半边天。

123. 加一米。

124. 秃宝盖。

125. 两点水。

126. 漂亮话。

127. 女子组。

128. 十八斤。

129. 单人旁。

130. 四方木。

131. 古文人。

132. 当家的。

133. 撇下去。

134. 九十九。

135. 心相连。

136. 闯出门。

137. 党中央。

138. 出现前。

139. 团中央。

140. 不偏心。

141. 一加一。

142. 打后边。

143. 不像话。

144. 没头绪。

145. 前头大。

146. 地方话。

147. 别插手。

148. 挖塘泥。

149. 没头箭。

150. 众众众。

151. 森森森。

152. 涨了水。

153. 秃头刀。

154. 空镜头。

155. 抓前足。

156. 最合手。

157. 没干头。

158. 无头蛇。

159. 坐下去。

160. 吞下去。

161. 没吃头。

162. 上半身。

163. 没户头。

164. 撕去头。

165. 断了头。

166. 往前跑。

167. 射前头。

168. 没点头。

169. 座中无人。

170. 你我各半。

171. 另有变动。

172. 凤头虎尾。

173. 四个晚上。

174. 孩子子丢了。

175. 内里有人。

176. 半晴半阴。

177. 有意无心。

178. 勿挂心头。

179. 请勿入口。

180. 乘人不备。

181. 找到一半。　　　　182. 一边一点。

183. 只差点点。　　　　184. 千里相逢。

185. 十个哥哥。　　　　186. 八人一口。

187. 猜错一半。　　　　188. 先后各半。

189. 山水相连。　　　　190. 半个朋友。

191. 弹丸之地。　　　　192. 水边人家。

193. 果断有力。　　　　194. 口小一点。

195. 台上长草。　　　　196. 一点不见。

197. 大河无水。　　　　198. 四个晚上。

199. 奇案无头。　　　　200. 银行两边。

201. 专人负责。　　　　202. 商量一半。

203. 猜着一半。　　　　204. 雨洒树林。

205. 假日没人。　　　　206. 用力动员。

207. 一月一日。　　　　208. 又到村中。

209. 鸟中第一。　　　　210. 序言之后。

211. 大有重点。　　　　212. 心大一点。

213. 一斗有余。　　　　214. 推开又来。

215. 产量最高。　　　　216. 四方一心。

217. 千古一绝。　　　　218. 只走一半。

219. 一旦走后。　　　　220. 春夏之交。

221. 黄昏前后。　　　　222. 泼水难收。

223. 巧夺天工。　　　　224. 消灭蚊虫。

225. 清除蚜虫。　　　　226. 去掉一直。

227. 视而不见。　　　　228. 丢掉一撇。

229. 因非得罪。

230. 半耕半读。

231. 拆去屋顶。

232. 多出一半。

233. 一共两克。

234. 一匹大马。

235. 矢口不移。

236. 共添两横。

237. 事事如意。

238. 半硬半软。

239. 平分土地。

240. 半真半假。

241. 家添一口。

242. 一家一口。

243. 河水流干。

244. 才进门来。

245. 消除洪水。

246. 别放下刀。

247. 出口成交。

248. 请您放心。

249. 格外大方。

250. 学人拦网。

251. 见风飞起。

252. 一半留下。

253. 两人进庄。

254. 有关没尾。

255. 征收一半。

256. 林海无边。

257. 消化一半。

258. 一千零一。

259. 一天到晚。

260. 见火就烤。

261. 个个长寿。

262. 干多一点。

263. 又进一点。

264. 有人打仗。

265. 一手承包。

266. 三个星期。

267. 上下一致。

268. 必被刀割。

269. 狗仗人势。

270. 赴汤蹈火。

271. 部位相反。

272. 擦去汗水。

273. 加水便活。

274. 主动一点。

275. 火烧横山。

276. 一借再借。

277. 卖掉十头。

278. 独具匠心。

279. 莫添一口。

280. 内部有人。

281. 针头线尾。

282. 滴水成海。

283. 天下第一。

284. 喜上眉头。

285. 多言必失。

286. 用心改错。

287. 训人的话。

288. 回到街头。

289. 撒手不管。

290. 压点上去。

291. 童心犹存。

292. 有口难言。

293. 张口就唱。

294. 秋后进山。

295. 莫要提前。

296. 提前上工。

297. 提前出发。

298. 四去八进一。

299. 十两多一点。

300. 牛过独木桥。

301. 一字加两点。

302. 见点滴就学。

303. 主见差一点。

304. 尘土都飞掉。

305. 五口人说话。

306. 半口吃一斤。

307. 由下面转弯。

308. 长安一片月。

309. 知头不知尾。

310. 国外自动化。

311. 一字十八点。

312. 加倍才算多。

313. 一手搬倒山。

314. 火候不到家。

315. 思想不集中。

316. 一口咬破衣。

317. 二人顶三人。

318. 天上有三人。

319. 有一点不准。

320. 多一点就好。

321. 床前明月光。

322. 文中加一点。

323. 一心要留下。

324. 砍掉了石头。

325. 良又少一点。

326. 日月多西东。

327. 二十四小时。

328. 两点天上来。

329. 入门无犬吠。

330. 开门日正中。

331. 多一半成串。

332. 明日去村庄。

333. 一寸少一点。

334. 良好的开端。

335. 一心生一个。

336. 四点二十分。

337. 要负责到底。

338. 绝色天下无。

339. 不吃就不饱。

340. 由左边出车。

341. 一来就再见。

342. 谎言不能有。

343. 从前有个人。

344. 明天日全食。

345. 只剪掉一半。

346. 有才不开口。

347. 二人七点水。

348. 横竖在早上。

349. 专与人作对。

350. 八九不离十。

351. 清明节前后。

352. 一千零一夜。

353. 一直一撇一点。

354. 天底下一张口。

355. 太阳照进屋里。

356. 在厂里的日子。

357. 埋头干到两点。

358. 二十一日进厂。

359. 转个身变成人。

360. 不要头竟要尾。

361. 冷水被人喝了。

362. 昨日无人相依。

363. 少一横就不好。

364. 不带一点偏见。

365. 只有一人到了。

366. 翻个身后就干。

367. 两只狗草下走。

368. 姜一半葱一半。

369. 牛被砍掉了头。

370. 一半坐一半站。

371. 一人比两人高。

372. 太阳升出地面。

373. 才进去就关门。

374. 全日流水作业。

375. 手持单刀一口。

376. 一半甜一半辣。

377. 半屏山山相连。

378. 一只狗四张口。

379. 关上边开下边。

380. 找前头瞅后头。

381. 对左边吹右边。

382. 存一半去一半。

383. 拆前面补后面。

384. 个个跪在前头。

385. 烧前边灭后边。

386. 眼前又得一分。

387. 门外有人站岗。

388. 埋前边提后边。

389. 拆下后合上去。

390. 挽住手一齐上。

391. 个个吞了一口。

392. 一月二十一日。

393. 雨降湘水付东流。

394. 心有余而力不足。

395. 俺家大人都不在。

396. 有穿有吃生活好。

397. 牛角边上来一刀。

398. 大火烧到耳朵边。

399. 一撇划了三寸长。

400. 一边有水一边干。

401. 东西南北无弯路。

402. 挖掉穷根巧安排。

403. 夺去一半留一半。

404. 一口咬去多半段。

405. 两人大力冲破天。

406. 西落横山白茫茫。

407. 出车过桥运木去。

408. 今日一去不复返。

409. 一人一口一只手。

410. 首先和党心连心。

411. 写上宝盖即成字。

412. 雨水渗进必然漏。

413. 风吹林木一边倒。

414. 宝玉刚去且又来。

415. 日照竿头无竹影。

416. 歪羊尾巴长得丑。

417. 论长论短莫多言。

418. 有心观景日已落。

419. 两根长头三块板。

420. 有人豁出去除害。

421. 湘水下游一扁舟。

422. 人总有一点错误。

423. 高兴之下寄一言。

424. 为人立言莫浮夸。

425. 莫等日落近黄昏。

426. 学先进帮后进带中间。

427. 昨天没来今火速来了。

428. 昨天、今天、明天。

429. 一半甜，一半辣。

430. 学上段，会下段。

431. 取一半，送一半。

432. 两只狗，草下走。

433. 记一半，忘一半。

434. 去一撇，就没了。

435. 要一半，扔一半。

436. 还不走，车来了。

437. 十一点，点十一。

438. 左十八，右十八。

439. 不要头，单要尾。

440. 他去也，怎把心放下。

441. 出头王，压老娘。

442. 打破常规，消除偏见。

443. 种好花卉，消除杂草。

444. 孤老不孤，有女照顾。

445. 一刀砍来，躲身不及。

446. 沪闽合作，开放门户。

447. 出工出力，做出成绩。

448. 有人来到，就变会了。

449. 外面四角，里面十角。

450. 一点点大，却是领导。

451. 四方一城，禁闭一人。

452. 一叶障目，有已无人。

453. 用火来烧，用水来浇。

454. 善始善终，一心到底。

455. 开源节流，记在心头。

456. 久居病房，心里忧伤。

457. 石字出头，不是右字。

458. 才加一捺，不猜木字。

459. 挖开东边，补上西边。

460. 一日之计，早晨安排。

461. 分去下头，丢掉上头。

462. 又在左边，又在右边。

463. 半对半对，合成一对。

464. 口小一点，样样不减。

465. 左右开弓，百发百中。

466. 呆头呆脑，能说会道。

467. 破坏森林，水必流失。

468. 说话漂亮，其实欺骗。

469. 车队缺人，重新组建。

470. 一人闪出，到了门外。

471. 砍掉前边，埋掉后边。

472. 将军抽车，砍翻战士。

473. 栽树植林，个个有伤。

474. 不屈不挠，不曲不折。

475. 门前握手，来客脱帽。

476. 摘掉穷帽，扎下富根。

477. 搬掉石头，给人方便。

478. 不可都留，只要前头。

479. 六人不足，八人有余。

480. 一知半晓，心计不少。

481. 有手有脚，却难逃掉。

482. 两点一直，一直两点。

483. 遇火则旺，遇水则清。

484. 土木建筑，广为利用。

485. 百人先富，都有家住。

486. 先进先进，人人称赞。

487. 移花接木，除草剪枝。

488. 一贯用心，习以为常。

489. 加劲劳动，个个有份。

490. 人人为我，我为人人。

491. 一马当先，大有可为。

492. 推上一半，推下一半。

493. 正少一横，上多一直。

494. 掐头去尾，只留上半。

495. 斩去头尾，凶相毕露。

496. 古貌一变，绿荫一片。

497. 没肉还好，见肉就烂。

498. 把住前头，钉住后头。

499. 是船不叫船，只用缺半边。

500. 力字加两点，不作办字猜。

501. 多一点能吃，少一点有用。

502. 日月一些来，不作明字猜。

503. 一模又一直，不作十字猜。

504. 一木口中栽，非杏也非呆。

505. 二小，二小，头上长草。

506. 三横又三竖，三撇又三捺。

507. 木字多一撇，不作禾字猜。

508. 华佗人未来，为何马先来。

509. 本来圆又圆，写出是九点。

510. 哑子没有口，恶人没有心。

511. 上下都有草，中间活不了。

512. 有心记不住，有目看不见。

513. 安字除宝盖，莫作女字猜。

514. 人人都离座，座上没一人。

515. 明明七成白，偏说是黑色。

516. 前没有后有，左没有后有。

517. 砍掉羊尾巴，没有一点血。

518. 头上长青草，细看不是草。

519. 你没有他有，天没有地有。

520. 两人并排坐，扁担来托着。

521. 立在两日边，反而没有光。

522. 分开只三人，合起来无数。

523. 三人同日见，百花齐争艳。

524. 哥哥一半大，不作可字猜。

525. 门外长流水，门里出太阳。

526. 放进两粒丸，制成两粒丹。

527. 添个小数点，加减乘除全。

528. 做料没有米，禾草来顶替。

529. 宋字去宝盖，不当木字猜。

530. 二山在一道，猜出便错了。

531. 一人一寸高，竹在头上摇。

532. 上边一个大，下边二个小。

533. 一口加一口，不作吕字猜。

534. 象早不是早，雨天不见。

535. 日字加一横，不作旦字猜。

536. 说有车九辆，其实没一辆。

537. 废水排出厂，一点没剩余。

538. 鸡鸭鹅都有，马牛羊都没。

539. 口中写一点，不作日字猜。

540. 比一多一直，比千少一撇。

541. 六一下加四，去八进一十。

542. 大旱加火烧，才能团结牢。

543. 林字多一半，不作森字猜。

544. 一人生得丑，一耳八张口。

545. 自小在一起，目前少联系。

546. 字字去了盖，莫作子字猜。

547. 写出是万点，画出是四边。

548. 点火可除草，滴水可润苗。

549. 远看像关牛，近看没有头。

550. 工人团结紧，千劲冲破天。

551. 左边是半点，右边是半划。

552. 象爱不是爱，比爱少两块。

553. 池里没有水，地里没有泥。

554. 头戴一顶帽，忠诚又可靠。

555. 若主动一点，便是宝中宝。

556. 削去其朽木，加工就更妙。

557. 两个上字肩并肩，一正一反底相连。

558. 你一半，我一半，并肩劳动把树砍。

559. 存心不让出大门，你说烦人不烦人。

560. 有位叔叔一只眼，大事小事归他管。

561. 乍看嘴上真文明，实则爱钱如爱命。

562. 有水能藏鲸鱼，有木就可报春。

563. 左边加一是一千，右边减一是一千。

564. 左边加一是一千，右边加一是一百。

565. 去一人还剩一只，去一口还剩一人。

566. 两个月字不分开，千万别作朋字猜。

567. 一个女子力无边，一下靠倒一座山。

568. 一所房子四方方，玉儿坐在正中间。

569. 两点两土两个口，无论远近家家有。

570. 有头小牛个儿低，身高只有一尺一。

571. 因为自大一点，人人都很讨厌。

572. 正看识而无言，倒看总不留心。

573. 一个小小岗亭，里站十一口人。

574. 拒一半，服一半，二者合一，增长见识。

575. 去中间，再去下边，再去上边。

576. 有脚不是人，去掉脚却是人。

577. 先别走，小弟来了。

578. 上面正差一横，下面少丢一点。

579. 上头小，下头大，你猜猜，念个啥。

580. 从上看，一天干。从下看，干一天。

581. 小山上，落大鸟，神枪手，打掉脚。

582. 大门开，有客来，先脱帽，再进来。

583. 画时圆，写时方，冷时短，热时长。

584. 一只狗，两个口，谁见它，谁发愁。

585. 断一半，接一半，接起来，还是断。

586. 头是一，腰是一，尾是一，其实不是一。

587. 山连丘，丘连山，石山土丘累相连。

588. 一字真特别，谁看都是一万撇。

589. 左边一千少一横，右边一万多一点。

590. 左边弓，右边弓，谷子去皮在当中。

591. 王大娘，白大娘，并肩坐在石头上。

592. 有水可种荷花，有土可种庄稼有人非你非我，有马可走天下。

593. 写时要合口，念时要开口，平时不露面，笑时它就来。

594. 四个山字山连山，四个川字川套川，四个口字口套口，四个十字颠倒颠。

595. 海边无水，种树一棵，开花无叶，会结酸果。

596. 不上不下，不前不后，不进不退，不右不左。

597. 西村有衣，东村有谷，联合起来，丰衣足食。

598. 一字真奇怪，请你仔细猜，刘邦见了哈哈笑，刘备见了泪满腮。

599. 去头是字，去尾是字，去头去尾，还是个字。

600. 一有它大，二有它天，云有它会，王有它全。

601. 左有一口，右有一口，若论差别，右边一大口。

602. 一个白天跪，一个夜里行，两个见了面，才能看得清。

603. 花园四角方，里面真荒凉，只有一棵树，种在园中间。

604. 有女便姓姚，有手肩上挑，有足蹦蹦跳，有水桃花俏。

605. 口比口大，口比口小，口把口吃，口被口咬。

606. 上八是倒八，下八是正八，十字当中架，人人需要多。

607. 有耳能听到，有口能请教，有手能摸索，有心就烦恼。

608. 木字加一笑，猜对是本领，本未末术禾，一个也不是。

609. 左看马靠它，右看它靠马，左右一齐看，脚踩万里沙。

610. 一字七横六直，世上少有认识，有人去问刘备，刘备去问孟德。

611. 我家有只狗，时时跟人走，此字要猜着，等到黄梅后。

612. 一月又一月，两月共半边，上有可耕田，下有长流川，一家有六口，两口不团圆。

613. 十字做了官，八字站两边，了字来偷看，给它一扁担。

614. 燕山有只燕，头尾都不见，心口送猎人，翅膀在伸展。

615. 遇水立成河，同伴就称哥，头顶大为奇，旁人又如何。

616. 没有鼻子没有眼，牙齿长在耳朵旁，一看就知不正派，及时改正还不晚。

617. 一字九横六直，天下文人不识，颜回去问孔子，孔子想了三日。

618. 有皿能把物盛，有口笑出声音，有手把物拿走，有鸟就能飞行。

619. 左边能射飞禽，右边能说会道，身染疾病变痴，见日聪明过人。

620. 一字十笔歪，任你随意猜，要是猜不出，把父去请教。

621. 说千不是千，两撇出两边，日头落地下，够你猜两天。

622. 一家十一口，不作吉字猜，你若猜作吉，不算你猜中。

623. 上边是小山，下边是大山，二字合起来，整个仍是山。

624. 提起旧社会，不由泪淋淋，我家十口人，只有草盖身。

625. 一点一横长，一撇飞左方，中间有个人，只有一寸高。

626. 一木长十尺，其实没那大，老弱病残者，都很需要它。

627. 虽是半把刀，用处却很大，哪儿有纠纷，尽可去找它。

628. 左右两座山，山尖对山尖，白天看得见，晚上看不见。

629. 一钩三条虫，一条在钩中，一条飞在西，一条飞在东。

630. 左边去下边，右边去下边，上边去下边，下边去上边。

631. 一条小帆船，载着一粒米，向东又向西，不知去哪里。

632. 看见一条虫，样子实在凶，头上长个口，身旁带张弓。

633. 左边不出头，右边不出头，不是不出头，就是不出头。

634. 两块木牌，钉成并排，告示一下，不准往来。

635. 天上一梁短，地上一梁长，中间立一柱，力量强又大。

636. 一字常用表决心，宝盖顶在头上边，一个下字中间坐，一个人字藏下边。

637. 田字头上长根苗，田边有水经常流，生产生活离不开，看你猜着猜不着。

638. 一人无力旁边站，一人有力床上躺，此事并非不公平，只因受损不健康。

639. 上靠下来下靠上，拆开看去却不像，让了上去亏了下，让了下去亏了上。

640. 左有水来右有刀，中间藏有一块宝，若问它是什么字，且把你来考一考。

641. 左一个和右一个，两个一起并肩站，显然是对双胞胎，难分弟弟和哥哥。

642. 两个动物并排站，一个在水中一在岸，一个生来爱游泳，一个从小会爬山。

643. 一间房子严又严，一个女孩关里面，无窗无门不透气，此女命运真可怜。

644. 雨水哗哗落田上，隆隆声音响四方，埋在地下炸敌人，放在海里敌舰亡。

645. 一字生得真奇怪，太阳偏在土下埋，土上青草刚出头，刀锋斜斜劈下来。

646. 上有二十一万兵，下有四方一座城，城里兵马十万个，城下还有八万整。

647. 一边绿来一边红，绿的喜雨红喜风，红的喜风最怕雨，绿的喜雨怕大风。

648. 幼儿无力去采药，双双爬上半山腰，眼见天色已经晚，一齐掉进深山坳。

649. 左边小的会爬行，右边大的会奔跑，小的有飞也有跳，大的吃草又吃料。

650. 问须开口口已无，进门只有半边路，家中一座小楼起，只用一门和半路。

651. 一点一横长，一撇到广场，场中有森林，长在石头上。

652. 上村十一口，下村二十口，两村联起来，大家都不愁。

653. 三人同日去看瓜，百友原来共一家，禾火两人并肩立，夕阳西下一双瓜。（猜字四）

654. 远看是十一，近看也十一，一人加进来，还是一十一。（猜字四）

655. 多一笔能教学生，少一笔能带士兵。（猜字二）

656. 一半畜生一半人，这个畜生会看门，一半畜生一半人，这个畜生会耕田。（猜字二）

657. 大口咬一丁，圣人存偏心，就这两个字，难住多少人。（猜字二）

658. 雨下田里，人在门里，你能猜得着，送你到城里。（猜字二）

659. 门外一个人，门里一个人，两人同地卧，两人并肩行。（猜字四）

660. 山边站个人，口里含个人，并排两个人，还有九个人。（猜字四）

661. 一母生下孪兄弟，一个开口一个闭，排行同是第六位，一说天来一说地（猜字二）

662. 一来就大，一走就小。（猜字二）

663. 一对仙女共同游，一样打扮两样头，一个见人爱伸手，一人贪玩没有够。（猜字二）

664. 两个老大，都带疙瘩，一个长肩上，一个长脚下。（猜字二）

665. 一人、二人、三人、七人。（猜字四）

666. 半衣一口田，口女并相连，木字串田过，人母水连连。（猜字四）

667. 通上不通下，通下不通上，要通上下通，不通都不通。（猜字四）

668. 两字上边一般同，只差一点去当兵。（猜字二）

669. 有眼看不见，有耳听不着，有口不能说，有脚不能跪。（猜字四）

670. 一字十八口，一字口十八，十八中有口，口中有十八。（猜字四）

671. 没水真是难，没手也真难，有水又有手，再也不为难。（猜字二）（以下除随条注明外，各猜成语一）

672. 亚。	673. 判。
674. 泵。	675. 昔。
676. 聋。	677. 闹。
678. 白。	679. 一。
680. 乖。	681. 主。
682. 者。	683. 拢。
684. 黯。	685. 皇。
686. 田。	687. 知。
688. 坐。	689. 揍。
690. 卡。	691. 明。
692. 原。	693. 二。
694. 急。	695. 若。
696. 斤。	697. 禽。

698. 尖。

699. 靶。

700. 78

701. 会计。

702. 电梯。

703. 跳伞。

704. 初一。

705. 卧倒。

706. 水雷。

707. 嘴严。

708. 走卒。

709. 客满。

710. 弹簧。

711. 夸口。

712. 魔术。

713. 五指。

714. 镣铐。

715. 飞雪。

716. 呼号。

717. 假眼。

718. 合唱。

719. 十五。

720. 导游。

721. 印书。

722. 巨木。

723. 储蓄。

724. 斗剑。

725. 对镜。

726. 摄影。

727. 腹算。

728. 学舌。

729. 预言。

730. 淋浴。

731. 风凉话。

732. 八十八。

733. 笑死人。

734. 无底洞。

735. 飞行员。

736. 水帘洞。

737. 九十分。

738. 木偶戏。

739. 蜜饯黄连。

740. 举重比赛。

741. 零存整取。

742. 四通八达。

743. 楼下客满。

744. 爱好旅游。

745. 人造卫星。

746. 松龄鹤寿。

747. 螃蟹走路。

748. 关公赴宴。

749. 单口相声。

750. 浪子回头。

751. 尽收眼底。

752. 松弹上膛。

753. 愚公之家。

754. 盲人摸象。

755. 雷雨之前。

756. 爬山比赛。

757. 冠军亚军。

758. 采购回家。

759. 只看中间。

760. 百货公司。

761. 严禁叫好。

762. 只我一人。

763. 脸谱全集。

764. 单方告别。

765. 只收九人。

766. 双手赞成。

767. 坐井观天。

768. 电锯开木头。

769. 单手拍不响。

770. 1881-1981鲁迅。

771. 明天便发芽。

772. 千里通电话。

773. 节日的焰火。

774. 难猜的谜语。

775. 后浪推前浪。

776. 十天跑完长城。

777. 骑兵踩到地雷。

778. 真正在动脑想。

779. 黄河之水长滔滔。

780. 丢下西瓜拣芝麻。

781. 讲课又是老一套。

782. 光荣榜上第一人。

783. 向预定目标射箭。

784. 眼药水使用说明。

785. 桃花潭水深千尺。

786. 宣传车上演节目。

787. 西游记人物大集中。

788. 千年松树，五月芭蕉。

789. 颗粒归仓，核实产量。

790. 江河纵横，峰峦林立。

791. 东西对话。

792. 一手拿针，一手拿线。

793. 谁知盘中餐，粒粒皆辛苦。

794. 吴郊古庙。（猜唐诗句一）

795. 鸣禽馆里。（猜唐诗句一）

796. 峰峦连绵，大厦林立。（猜宋诗句一）

797. 丸药。（猜古诗句一）

798. 天安门。（猜唐诗句一）

799. 望嫦娥，思故乡。（猜宋诗句一）

800. 动笔又动手。（猜学习名词一）

801. 跳伞。（猜二字词一）

802. 变脸。（猜二字词一）

803. 实事求是。（猜二字词一）

804. 老马识途。（猜二字词一）

805. 招待来宾。（猜二字词一）

806. 脱毛。（猜四字词一）

807. 坏的包换。（猜四字词一）

808. 语不惊人。（猜三字词一）

809. 能言善辩。（猜二字词一）

810. 发言清楚。（猜二字词一）

811. 四海无闲田。（猜二字词一）

812. 高低不答应。（猜二字词一）

813. 妇产科大夫。（猜二字词一）

814. 雄鸡一唱天下白。（猜二字词一）

815. 人面不知何处去。（猜二字词一）

816. 一时冲动。（猜三字词一）

817. 不善演戏。（猜三字词一）

818. 闭门思过。（猜三字词一）

819. 剃光头。（猜四字词一）

820. 申请就业。（猜四字词一）

821. 卖面具。（猜五字词一）

822. 射击瞄准。（猜六字词一）

823. 乱点鸳鸯谱。（猜语文名词一）

824. 休得多言。（猜语文名词一）

825. 别哭。（猜语文名词一）

826. 垂涎三尺。（猜语文名词一）

827. 可谓状元。（猜语文名词一）

828. 心田。（猜语文名词一）

829. 吾。（猜语文名词二）

830. 家喻户晓。（猜文体一）

831. 英烈传。（猜文体一）

832. 掩卷一伤神。（猜文体一）

833. 每天必录。（猜文体一）

834. 小孩言语。（猜文体一）

835. 低声细语。（猜文体一）

836. 讲话有礼貌。（猜学科一）

837. 立等可取。（猜语文课目一）

838. 园丁的工作。（猜语文课目一）

839. 论说孩子（科干格，猜文体一）

840. 逐月支出（徐妃格，猜常用词一）

841. 坐（求风格，猜常用词一）

842. 找根据（卷帘格，猜成语一）

843. 十二张收据（卷帘格，猜常用词一）

谜 底

1. 批。	2. 选。	3. 粮。
4. 例。	5. 坡。	6. 小。
7. 斛。	8. 言。	9. 拿。
10. 千。	11. 占。	12. 雨。
13. 口。	14. 田。	15. 丢。
16. 卷。	17. 玉。	18. 亲。
19. 好。	20. 体。	21. 弟。
22. 又。	23. 卖。	24. 北。
25. 日。	26. 八。	27. 口。
28. 非。	29. 尺。	30. 王。
31. 文。	32. 木。	33. 多。
34. 木。	35. 人。	36. 皿。
37. 又。	38. 汉。	39. 力。
40. 寸。	41. 今。	42. 大。

43. 舌。 44. 主。 45. 王。

46. 容。 47. 十。 48. 穴。

49. 又。 50. 一。 51. 尧。

52. 山。 53. 厂。 54. 十。

55. 故。 56. 桉。 57. 台。

58. 仓。 59. 目。 60. 弓。

61. 大。 62. 森。 63. 躬。

64. 口。 65. 广。 66. 小。

67. 一。 68. 一。 69. 个。

70. 头。 71. 田。 72. 父。

73. 础。 74. 厂。 75. 丸。

76. 转。 77. 旧。 78. 记。

79. 一。 80. 寺。 81. 封。

82. 弹。 83. 做。 84. 入。

85. 斗。 86. 枯。 87. 斌。

88. 胖。 89. 木。 90. 众。

91. 玉。 92. 夕。 93. 杂。

94. 朋。 95. 与。 96. 人。

97. 要。 98. 发。 99. 比。

100. 杜。 101. 户。 102. 磊。

103. 卜。 104. 直。 105. 兀。

106. 井。 107. 括。 108. 生。

109. 昔。 110. 谅。 111. 铁。

112. 魁。 113. 汁。 114. 青。

115. 馍。　116. 姆。　117. 满。

118. 董。　119. 顽。　120. 柄。

121. 刑。　122. 功。　123. 来。

124. 玉。　125. 冰。　126. 诱。

127. 好。　128. 析。　129. 傍。

130. 楞。　131. 做。　132. 住。

133. 丢。　134. 白。　135. 想。

136. 马。　137. 口。　138. 王。

139. 才。　140. 怀。　141. 王。

142. 丁。　143. 诽。　144. 者。

145. 关。　146. 访。　147. 捌。

148. 唐。　149. 前。　150. 仇。

151. 杂。　152. 张。　153. 利。

154. 竞。　155. 捉。　156. 撮。

157. 十。　158. 它。　159. 从。

160. 天。　161. 乞。　162. 自。

163. 尸。　164. 斯。　165. 斤。

166. 主。　167. 身。　168. 沽。

169. 庄。　170. 伐。　171. 加。

172. 几。　173. 罗。　174. 亥。

175. 肉。　176. 明。　177. 音。

178. 忽。　179. 囫。　180. 乖。

181. 划。　182. 卜。　183. 口。

184. 重。　185. 克。　186. 谷。

187. 猎。　　188. 告。　　189. 汕。

190. 有。　　191. 尘。　　192. 沪。

193. 男。　　194. 京。　　195. 苔。

196. 视。　　197. 奇。　　198. 罗。

199. 柯。　　200. 很。　　201. 债。

202. 童。　　203. 晴。　　204. 霖。

205. 暇。　　206. 贺。　　207. 胆。

208. 树。　　209. 鸭。　　210. 政。

211. 头。　　212. 态。　　213. 斜。

214. 摊。　　215. 音。　　216. 愣。

217. 估。　　218. 足。　　219. 是。

220. 旦。　　221. 昔。　　222. 滩。

223. 人。　　224. 文。　　225. 牙。

226. 云。　　227. 示。　　228. 去。

229. 四。　　230. 讲。　　231. 至。

232. 岁。　　233. 兢。　　234. 驮。

235. 知。　　236. 其。　　237. 恰。

238. 砍。　　239. 畔。　　240. 值。

241. 豪。　　242. 豪。　　243. 可。

244. 闭。　　245. 共。　　246. 另。

247. 咬。　　248. 你。　　249. 回。

250. 内。　　251. 票。　　252. 畔。

253. 座。　　254. 友。　　255. 政。

256. 梅。　　257. 俏。　　258. 壬。

259. 免。	260. 考。	261. 筹。
262. 主。	263. 叉。	264. 大。
265. 抱。	266. 昔。	267. 卡。
268. 必。	269. 伏。	270. 烫。
271. 陪。	272. 干。	273. 舌。
274. 玉。	275. 灵。	276. 欢。
277. 买。	278. 斤。	279. 暮。
280. 肉。	281. 钱。	282. 每。
283. 人。	284. 声。	285. 吴。
286. 冈。	287. 诉。	288. 徊。
289. 散。	290. 庄。	291. 憧。
292. 亚。	293. 昌。	294. 灿。
295. 摸。	296. 扛。	297. 拨。
298. 曰。	299. 斥。	300. 生。
301. 学。	302. 字。	303. 现。
304. 小。	305. 语。	306. 匠。
307. 电。	308. 胀。	309. 矢。
310. 玉。	311. 术。	312. 夕。
313. 扫。	314. 炊。	315. 忿。
316. 衰。	317. 奏。	318. 奏。
319. 淮。	320. 艮。	321. 旷。
322. 蚊。	323. 思。	324. 欠。
325. 艰。	326. 明。	327. 旧。
328. 关。	329. 问。	330. 间。

331. 中。　　332. 脏。　　333. 于。

334. 娘。　　335. 性。　　336. 注。

337. 婴。　　338. 红。　　339. 包。

340. 轴。　　341. 冉。　　342. 荒。

343. 众。　　344. 月。　　345. 招。

346. 团。　　347. 淡。　　348. 卓。

349. 传。　　350. 杂。　　351. 晴。

352. 歼。　　353. 真。　　354. 吞。

355. 间。　　356. 厚。　　357. 坪。

358. 厝。　　359. 入。　　360. 兀。

361. 伶。　　362. 作。　　363. 坯。

364. 视。　　365. 倒。　　366. 士。

367. 获。　　368. 恙。　　369. 午。

370. 垃。　　371. 众。　　372. 旦。

373. 闭。　　374. 湿。　　375. 招。

376. 辞。　　377. 屈。　　378. 器。

379. 并。　　380. 揪。　　381. 欢。

382. 在。　　383. 扑。　　384. 箭。

385. 炎。　　386. 盼。　　387. 们。

388. 堤。　　389. 拾。　　390. 挤。

391. 笑。　　392. 腊。　　393. 霜。

394. 忍。　　395. 电。　　396. 裕。

397. 解。　　398. 耿。　　399. 寿。

400. 汗。　　401. 置。　　402. 窍。

403. 奋。　　404. 名。　　405. 夫。

406. 雪。　　407. 轿。　　408. 吟。

409. 拾。　　410. 总。　　411. 子。

412. 尸。　　413. 枫。　　414. 宜。

415. 旱。　　416. 羞。　　417. 仑。

418. 惊。　　419. 彬。　　420. 俗。

421. 想。　　422. 仪。　　423. 誉。

424. 信。　　425. 暮。　　426. 常。

427. 炸。　　428. 晶。　　429. 辞。

430. 尝。　　431. 联。　　432. 获。

433. 忌。　　434. 丢。　　435. 奶。

436. 连。　　437. 幸。　　438. 林。

439. 干。　　440. 他。　　441. 毒

442. 夫。　　443. 华。　　444. 姥。

445. 剁。　　446. 浊。　　447. 功。

448. 云。　　449. 园。　　450. 头。

451. 囚。　　452. 自。　　453. 尧。

454. 总。　　455. 愿。　　456. 疚。

457. 岩。　　458. 架。　　459. 扑。

460. 旦。　　461. 公。　　462. 双。

463. 双。　　464. 京。　　465. 弼。

466. 口。　　467. 梳。　　468. 诱。

469. 阵。　　470. 们。　　471. 坎。

472. 罕。　　473. 木。　　474. 置。

475. 搁。 476. 男。 477. 硕。

478. 否。 479. 灭。 480. 智。

481. 捉。 482. 慎。 483. 登。

484. 桩。 485. 宿。 486. 贝。

487. 华。 488. 惯。 489. 力。

490. 徐。 491. 骑。 492. 拉。

493. 止。 494. 招。 495. 离。

496. 叶。 497. 府。 498. 打。

499. 舟。 500. 为。 501. 术。

502. 胆。 503. 支。 504. 束。

505. 蒜。 506. 森。 507. 移。

508. 驼。 509. 丸。 510. 亚。

511. 葬。 512. 亡。 513. 好。

514. 庄。 515. 皂。 516. 口。

517. 盖。 518. 苗。 519. 也。

520. 丛。 521. 暗。 522. 众。

523. 春。 524. 奇。 525. 涧。

526. 册。 527. 坟。 528. 科。

529. 李。 530. 击。 531. 符。

532. 奈。 533. 咕。 534. 旱。

535. 目。 536. 轨。 537. 发。

538. 鸟。 539. 虽。 540. 毕。

541. 章。 542. 焊。 543. 梦。

544. 职。 545. 省。 546. 一。

547. 方。   548. 尧。   549. 午。

550. 夫。   551. 战。   552. 受。

553. 也。   554. 实。   555. 玉。

556. 巧。   557. 业。   558. 伐。

559. 闷。   560. 督。   561. 吝。

562. 每。   563. 伍。   564. 伯。

565. 合。   566. 用。   567. 妇。

568. 国。   569. 墙。   570. 特。

571. 臭。   572. 只。   573. 周。

574. 报。   575. 至。   576. 介。

577. 剃。   578. 步。   579. 尖。

580. 旱。   581. 岛。   582. 阁。

583. 日。   584. 哭。   585. 折。

586. 三。   587. 岳。   588. 厉。

589. 仿。   590. 粥。   591. 碧。

592. 也。   593. 哈。   594. 田。

595. 梅。   596. 中。   597. 裕。

598. 翠。   599. 申。   600. 人。

601. 咽。   602. 明。   603. 困。

604. 兆。   605. 回。   606. 米。

607. 门。   608. 札。   609. 驼。

610. 曹。   611. 伏。   612. 用。

613. 李。   614. 北。   615. 可。

616. 邪。   617. 晶。   618. 合。

619. 知。　620. 爹。　621. 香。

622. 固。　623. 岳。　624. 苦。

625. 府。　626. 杖。　627. 判。

628. 日。　629. 心。　630. 垒。

631. 迷。　632. 强。　633. 林。

634. 禁。　635. 工。　636. 定。

637. 油。　638. 伤。　639. 卡。

640. 测。　641. 竹。　642. 鲜。

643. 囡。　644. 雷。　645. 著。

646. 黄。　647. 秋。　648. 幽。

649. 蚂。　650. 阁。　651. 磨。

652. 喜。

653. 春、夏、秋、冬

654. 土、地、大、王。

655. 师、帅。

656. 伏、件。

657. 奇、怪。

658. 雷、闪。

659. 们、闪、坐、丛。

660. 仙、囚、从、仇。

661. 已、巳。

662. 人，木。

663. 要、耍。

664. 犬、太。

665. 大、夫、众、化。

666. 福如东海。

667. 由、甲、申、田。

668. 乒、乓。

669. 害、龙、亚、皮。

670. 杏、呆、束、困。

671. 滩、摊。

672. 有口难言。

673. 一刀两断。

674. 水落石出。

675. 措手不及。

676. 充耳不闻。

677. 门庭若市。

678. 一了百了。

679. 接二连三。

680. 乘人不备。

681. 一往无前。

682. 有目共睹。

683. 半推半就。

684. 有声有色。

685. 白玉无瑕。

686. 挖空心思。

687. 矢口不移。

688. 从头到尾。

689. 东拼西凑。

690. 承上启下。

691. 日积月累。

692. 开源节流。

693. 始终如一。

694. 争先恐后。

695. 一言为定。

696. 独具匠心。

697. 手到擒来。

698. 自相矛盾。

699. 众矢之的。

700. 七上八下。

701. 足智多谋。

702. 能上能下。

703. 一落千丈。

704. 日新月异。

705. 五体投地。

706. 一触即发。
707. 守口如瓶。
708. 有进无退。
709. 座无虚席。
710. 能屈能伸。
711. 言过其实。
712. 无中生有。
713. 三长两短。
714. 束脚束手。
715. 天花乱坠。
716. 异口同声。
717. 目不转睛。
718. 异口同声。
719. 七拼八凑。
720. 引人入胜。
721. 千篇一律。
722. 水到渠成。
723. 积少成多。
724. 短兵相接。
725. 一模一样。
726. 相机行事。
727. 心中有数。
728. 人云亦云。
729. 未卜先知。
730. 首当其冲。
731. 冷言冷语。
732. 入木三分。
733. 乐极生悲。
734. 深不可测。
735. 有机可乘。
736. 口若悬河。
737. 得寸进尺。
738. 装腔作势。
739. 同甘共苦。
740. 斤斤计较。
741. 积少成多。
742. 头头是道。
743. 后来居上。
744. 喜出望外。
745. 不翼而飞。
746. 各有千秋。
747. 横行霸道。
748. 单刀直入。
749. 自言自语。
750. 改邪归正。
751. 一览无余。
752. 一触即发。
753. 开门见山。

754. 不识大体。　　755. 风起云涌。

756. 捷足先登。　　757. 数一数二。

758. 满载而归。　　759. 不相上下。

760. 应有尽有。　　761. 妙不可言。

762. 独一无二。　　763. 面面俱到。

764. 一面之辞。　　765. 不可收拾。

766. 多此一举。　　767. 一孔之见。

768. 当机立断。　　769. 孤掌难鸣。

770. 百年树人。　　771. 来日方长。

772. 遥相呼应。　　773. 五彩缤纷。

774. 百思不解。　　775. 滔滔不绝。

776. 一日千里。　　777. 人仰马翻。

778. 不假思索。　　779. 川流不息。

780. 避重就轻。　　781. 屡教不改。

782. 名列前茅。　　783. 有的放矢。

784. 引人注目。　　785. 无与伦比。

786. 载歌载舞。　　787. 聚精会神。

788. 粗枝大叶。　　789. 精打细算。

790. 万水千山。　　791. 言之有物。

792. 望眼欲穿。　　793. 来之不易。

794. 姑苏城外寒山寺。

795. 处处闻啼鸟。

796. 山外青山楼外楼。

797. 粒粒皆辛苦。

798. 白云生处有人家。

799. 明月何时照我还。

800. 写作。   801. 落空。

802. 容易。   803. 休假。

804. 知道。   805. 顾客。

806. 毫不在乎。   807. 好不容易。

808. 普通话。   809. 会谈。

810. 声明。   811. 广播。

812. 中肯。   813. 卫生。

814. 响亮。   815. 丢脸。

816. 没能耐。   817. 恶作剧。

818. 想不开。   819. 毫不保留。

820. 没事找事。   821. 要钱不要脸。

822. 睁一只眼，闭一只眼。   823. 错别字。

824. 歇后语。   825. 分号。

826. 顺口溜。   827. 第一人称。

828. 构思。   829. 寓言、成语。

830. 通知。   831. 说明书。

832. 读后感。   833. 日记。

834. 童话。   835. 小说。

836. 语文。   837. 《小站》。

838. 《养花》。   839. 童话。

840. 吩咐。   841. 对立。

842. 实事求是。   843. 单打一。

3. 数 学

（以下除随条注解外，各猜数学名词一）

1. 元。　　　　　2. 北。

3. 涌。　　　　　4. 土。

5. 口。　　　　　6. 十八斤。

7. 贸易法。　　　8. 独苗儿。

9. 对抗赛。　　　10. 并驾齐驱。

11. 半斤八两。　　12. 讨价还价。

13. 夏周之间。　　14. 不带零头。

15. 片甲不留。　　16. 大同小异。

17. 待后清点。　　18. 周而复始。

19. 摩拳擦掌。　　20. 旅客须知。

21. 断线接头。　　22. 涂改成绩。

23. 兄弟打架。　　24. 一视同仁。

25. 待命出发。　　26. 脸谱汇集。

27. 鸳鸯拆散。　　28. 货真价实

29. 面面俱到。　　30. 严阵以待。

31. 计数本领。　　32. 两边清点。

33. 马路没转弯。

34. ……五、四、三、二、一

35. 考试不作弊。

36. 样子差不多。

37. 联合国宪章。

38. 两边重量一样。

39. 你盼我，我盼你。

40. 张老弟，长别高，抱东瓜，弯又曲。

41. 有木可搭架，水逝不再来。

42. 员（数字名词二）

43. 断脐。（数字名词二）

44. 赛马。（数字名词二）

45. 外国来了十兄弟，相貌姓名各不同，论年纪，兄比弟大，论分量，弟比兄重。

46. 兄弟两人并肩走，一生从来不碰头，铁轨上，电线中，他俩微笑在招手。

47. 停战谈判。（猜数字名词二）

48. 以战争消灭战争。（猜数字名词二）

49. 空头合同。（猜数字名词二）（以下除随条注明外，各猜学具一）

50. 两兄弟，手拉手，一个转，一个走。

51. 腿长脚尖，爱画圆圈。（猜字具一）

52. 会告诉你高，会告诉你长，要划直线，找它帮忙。

53. 身长五六寸，长着黑良心，做事先剃头，上路扶着走。

54. 从来不声不响，爱替别人打算，虽然又哑又袭，分寸丝毫不乱。

55. 看来很有分寸，满身带着斯文专门衡量别人，从不见它量己。

56. 四四方方一丘田，里面果子千千万，要想算笔清楚账，人要聪明指要尖。

57. 弟兄七人同横样，大哥二哥在外乡，五弟心想合一处，中间隔着一堵墙。

58. 细细两条腿，帽儿头上戴不当圆规用，算圆离不开。（猜一数字符号）（以下各猜数字一）

59. 横看是支尺，竖看是根棒，年龄它最小，大哥它来当。

60. 像个蛋，不是蛋，说它圆，不太圆，说它没有它有，成千上万连成串。

61. 杂。　　　　　62. 米

63. 木。　　　　　64. 白。

65. 士。　　　　　66. 大人不在。

67. 其中。

68. 一减一不是零。

69. 一口咬它是八。

70. 与人为伍。

71. 交出后一半。

72. 花下无人草枯死。

73. 交心。

74. 仇人死了。

75. 支前。

76. 白首一先生。

77. 舌头。

78. 加一点有四边。

79. 一箭仇。

80. 两个离别泪纷纷，一点泪痕别如今。

81. 拆下后合上去。

82. 三七一十八。

83. 一律无人长相伴。

84. 到后边再拐。

85. 参加编学谜，三撇变三横。

86. 百人大团结。

87. 百万雄兵卷白旗，天下英雄无人敌，秦国死了余元帅，骂阵将军无马骑。（猜数字四）

88. 加上一撇多两零，去掉一横真干净，多添一人无变化，只差一点成方形。（猜数字四）（以下各猜常用量词用字一）

89. 没盼头。

90. 争先用上。

91. 百分数。

92. 断头。

93. 尽头。

94. 留下一点。

95. 一口占一位。

96. 俩人少一人，偏说还不少。

97. 十个哥哥。体重真轻，加一千倍，才一分斤。

98. 上八是倒八，下八是正八，十字当中架，人人需要它。

99. 过头。

100. 无人打仗。

谜　底

1. 百分数。　　　2. 反比。

3. 相似三角形。　4. 等腰。

5. 圆周。　　　　6. 分析。

7. 交换律。　　　8. 积。

9. 反比。　　　 10. 平行。

11. 等量。　　　12. 商值。

13. 商。　　　　14. 整数。

15. 整除。　　　16. 近似。

17. 未知数。　　18. 循环。

19. 等角。　　　20. 乘法。

21. 延长线。　　22. 假分数。

23. 内角。　　　24. 相等。

25. 等号。　　　26. 面积。

27. 公分母。　　28. 绝对值。

29. 容积。　　　30. 等角。

31. 算术。　　　32. 分数。

33. 直径。　　　34. 倒数。

35. 真分数。　　36. 相似形。

37. 最大公约数。

38. 相等。

39. 相等。　　　40. 弧。

41. 加法。　　　42. 圆心，外接圆。

43. 分子，分母。

44. 比、乘。

45. 阿拉伯数字。

46. 平行线。

47. 商、积。　　　48. 角、平角。

49. 约等于、零。

50. 圆规。

51. 圆规。　　　52. 尺。

53. 铅笔。　　　54. 尺。

55. 尺。　　　　56. 算盘。

57. 算盘。　　　58. 兀。

59. 1。　　　　　60. 0。

61. 九十八。　　62. 八十八。

63. 十八。　　　64. 九十九。

65. 十一。　　　66. 一。

67. 二。　　　　68. 三。

69. 四。　　　　70. 五。

71. 六。　　　　72. 七。

73. 八。　　　　74. 九。

75. 十。　　　　76. 百。

77. 千。　　　　78. 万。

79. 亿。　　　　80. 零。

81. 拾。　　　82. 柒。

83. 肆。　　　84. 捌。

85. 叁。　　　86. 佰。

87. 一、二、三、四。

88. 十、百、千、万。

89. 分。　　　90. 角。

91. 元。　　　92. 斤。

93. 尺。　　　94. 亩。

95. 倍。　　　96. 两。

97. 克。　　　98. 米。

99. 寸。　　　100. 丈。

4. 自然、社会

（以下除随条注明外，各猜陆地动物一）

1. 叶公失色。

2. 无须解释。

3. 半耕半织个子细，口含庄稼头长草。（猜生物一）

4. 胆子细，疑心大，生来常常爱搬家，找起房屋放身上，磨磨蹭蹭地面爬。

5. 说它是条牛，不会拉犁头，说它力气小，背着房子走。

6. 小小诸葛亮，稳坐中军帐，摆好八卦阵，专捉飞来将。

7. 耳朵大，眼睛小，身子胖，鼻子翘，吃饱饭，爱睡觉，它的全身都是宝。

8. 脸上长钩子，头上挂扇子，四根粗柱子，一条小辫子。

9. 头小颈长四脚短，硬壳壳里把身安，别看胆小又怕事，要论寿命它无边。

10. 身体虽不大，钢针满身插，遇敌缩一团，老虎也无法。

11. 像熊比熊小，像猫不是猫，爱吃青竹笋，称它是国宝。

12. 一条绳子，花花绿绿，走起路来，弯弯曲曲。

13. 会飞不是鸟，两翅无羽毛，白天檐下睡大觉，夜捉害虫唧唧叫。

14. 每隔数月脱旧衣，没有脚爪走得稳，攀缘树木多轻便，光滑地面步难移。

15. 穿件硬皮袄，缩头又缩脑，水面四脚划，岸上慢慢爬。

16. 细细长长一条龙，天天躲在泥土中，无手无脚会劳动，钻来钻去把土松。

17. 眼睛不大，尾巴细长，以偷为生，谁见谁打。

18. 身穿皮袄黄又黄，呼啸一声万兽慌，虽然没带兵和将，也称山中一大王。

19. 沙漠一只船，船上载着山，远看像笔架，近看一身毡。

20. 头上两棵树，身开朵朵花，性情最温顺，跑路赛过马。

21. 鼻子粗又长，两牙赛门扛，双耳如蒲扇，身子似堵墙。

22. 尖尖嘴巴细细腿，狡猾多疑拖大尾。

23. 黑脚黑耳黑眼圈，西南高山把家安，箭竹丛中去觅食，中国珍奇天下传。

24. 家住深山树林中，性情调皮最好动，攀藤爬树本领强，献身医学立大功。

25. 头上戴着金冠，身披彩色锦缎，每日黎明值班，从不失职偷懒。

26. 脖子长长似吊塔，穿起一身花斑褂，跑起路来有本领。速度赛过千里马。

27. 身如鞭子，走路弯曲，洞里进出，爱吃老鼠。

28. 身笨力气大，干活常带枷，勤劳不知苦，帮助种庄稼。

29. 头上两只角，胡子一大把，不管见了谁，总爱叫咩咩。

30. 身披一件大棉袄，山坡上面吃青草，为了别人穿得暖，甘心脱下自身毛。

31. 两弯新月头上长，常常喜欢水中躺，身体庞大毛灰黑，耕地是个好闯将。

32. 四蹄飞奔鬃毛抖，拉车驮货多面手，农民夸它好伙伴，骑兵爱它好战友。

33. 身子粗壮头长角，给人奶汁它吃草，大人小孩都爱它，浑身上下都是宝。

34. 两个大耳头上长，天生一个三瓣嘴，爱吃白菜和青草，跑起路来快如飞。

35. 耳朵大来嘴巴翘，喜欢睡觉长肥膘，浑身上下都是宝，粮食增产有功劳。

36. 眼睛一日会三变，闻到腥味嘴巴馋，还有一招拿手戏，耗子见它腿发软。

37. 头尾尖尖钻土下，纵横交错挖地道，辛勤劳动土质好，出口卷土堆得高。

38. 它不怕风霜雨雪，也能耐寒暑饥渴，常驮货物过沙漠，又伴战士去巡逻。

39. 垂着大耳像蕉扇，雪白獠牙细尾巴，鼻子长得很特殊，呼吸饮水都用它。

40. 动物当中傻大个，腿高脖长挺奇特，低脖能啃地面草，抬头能吃树上果。

41. 脚掌珍贵似明珠，行动笨拙傻呼呼，别看体重像肥猪，下水爬树有功夫。

42. 咆叫似雷响，凶猛体力强，捕食众禽兽，它是林中王。

43. 模样是犬不是犬，眼睛斜视闪幽光，习性凶狠敢袭人，害怕光亮与声响。

44. 头戴珊瑚多么美，身穿花袄多珍贵，细细腿儿虽然瘦，穿山越岭快如飞。（以下各猜昆虫一）

45. 小飞机，纱翅膀，竹节身子细又长，飞来飞去捉虫忙，预报天气它内行。

46. 身为团结模范，不愧劳动英雄，花中采来香甜，献给人民大众。

47. 小家伙，真机灵，白天藏，晚上行，带着一盏小灯笼，一闪一闪像星星。

48. 长相俊俏，爱舞爱跳，春花一开，它就来到。

49. 石头缝里钻，青草地上爬，在家爱叫唤，出门就打架。

50. 幼小喜亮，老了喜暗，吃下绿叶，吐出银丝。

51. 眼睛辨别多样花，触角嗅闻真灵敏，采集百花酿甜浆，一身绒毛传花粉。

52. 一对前足伸得长，两把大刀舞胸前，样子长得挺威武，捕捉害虫不留情。

53. 唱歌不用嘴，声音真清脆，嘴尖像根锥，专吸树汁水。

54. 尾巴闪亮；摸摸不烫，不用充电，发出亮光。（以下各猜水里动物一）

55. 手拿钳子两把，身披一付盔甲，瞪着两只眼睛，走路横行天下。

56. 有头没有颈，有眼没有眉，无脚走千里，有翅不飞行。

57. 有枪不能放，有脚不能走，天天弯着腰，总在水里游。

58. 样子长得像乌贼，脚下吸盘排成队，常躲石缝搞偷袭，小鱼游来吸进嘴。

59. 血盆大口露尖牙，春去秋来不解甲，吃掉别人趟眼泪，世人知它慈悲假。（猜爬行动物一）

60. 习性凶残海霸王，捕它专造工作船，浑身上下全是宝，海面换气喷银泉。（以下各猜鸟名一）

61. 嘴长腿高，身披白袍，能飞会跳，喜欢水草。

62. 一物生来本领高，尖嘴能给树开刀，专吃害虫吃个饱，保护树林有功劳。

63. 脸儿像猫，其实是鸟，夜里抓鼠，白天睡觉。

64. 身穿黑色袍，尾巴像剪刀，冬天向南去，春天回来早。

65. 虽然不识字，能做"人"字排，秋天排字去，春天排字来。

66. 家住青山顶，身穿破蓑衣，常在天空游，爱吃兔和鸡。

67. 虽有翅膀飞不起，非洲沙漠多足迹，快步如飞多迅速，鸟中体重它第一。

68. 红冠黑嘴白衣裳，双腿细瘦走路见，漫步水中捕鱼虾，凌空展翅能飞翔。

69. 零下百度它不怕，荒凉南极来安家，肥肥胖胖好水手，成群结队仰望啥。

70. 长嘴是个听诊器，可兼治病手术刀，它是森林好医生，害虫洞里也难逃。

71. 海鸟当中它最重，连续能飞几百里，起飞巧借波浪力，落在地上难飞起。

72. 平原山区都安家，站在枝头叫喳喳，人们称它吉祥鸟，孩子弹它也避它。

73. 驰名中外一歌手，音韵婉转会多变，能学多种鸟儿叫，祖国内蒙是家园。

74. 春到它来临，催唤播种人，秋后它返回，四传丰收音。

（以下除随条注明外，各猜自然物一）

75. 左边缺点水，右边全是水。

76. 暴跳如雷不顶用。

77. 千条线，万条线，掉进河里全不见。

78. 花开人吵闹，花落人归家。（猜天体一）

79. 上帝诞辰。（猜天体一）

80. 十八日诞辰。

81. 东洋面包。（猜自然现象一）

82. 不拒细土气凛然，势如剑芒向青天，电击雷轰摧不毁，风刮雨泼只等闲。

83. 小水珠，亮晶晶，千万颗，落草坪，太阳公公一出来，悄悄躲开无踪影。

84. 白色花，无人栽，一夜北风遍地开，无根无枝又无叶，不知是谁送花来。

85. 像云不是云，像烟不是烟，风吹轻轻飘，日晒慢慢散。

86. 云儿见它让路，小树见它招手，庄稼见它弯腰，花儿见它点头。

87. 一物真稀奇，人人不可离，快刀斩不断，吊钩吊不起。

88. 看不见，摸不着，没有腿，却会跑，从不后退只向前，千金万金买不到。（猜自然现象一）

89. 一条大河没有水，沙里闪闪放光辉，晚上人人看得见，白

天躲到九霄外。（猜天体一）

90. 早上出东海，傍晚入西山，大地全照亮，温暖照人间。（猜天体一）

91. 有个勤劳老公公，每天天亮就动工，若是一日不见它，不是下雨就天阴。

92. 有时高挂树梢，有时落在山腰，有时像个圆盘，有时像把镰刀。（猜天体一）

93. 弯弯一座彩色桥，高高架在半天腰，黄红七彩巧搭配，眨眼之间不见了。（猜自然现象一）

94. 一根软丝细又细，上接天来下接地，你想抽丝抓不住，想要拿也拿不成。

95. 我走它也走，我停它也停，跟我一个样，就是不吃饭。（猜自然现象一）

96. 散步在小溪，睡觉在池塘，奔跑在江河，咆哮在海洋，

97. 电光突起，传遍千里，一鸣惊人，带来风雨。（猜自然现象一）

98. 你若大声它大声，你若小声它就哑，同你腔调一个样，找遍四周不见影。（猜自然现象一）

99. 乍看白茫茫，细看有河床，没有鱼儿游，不见船来往。（猜天体一）

100. 借助太阳才发光，围绕地球日夜忙，若是地球遮阳光，娃娃指天问爹娘。（猜自然现象一）

101. 小风吹，吹得动，大刀砍，不裂缝。

102. 一道银光一条线，划过长空似利剑，要时跑遍千万里，眨

下眼睛看不见。（猜自然现象一）

103. 千颗星，万颗星，满天星星数它亮，有它给你指方向，夜里航行不用灯。（猜天体一）

104. 天上有面鼓，藏在云深处，响时光冒火，声音震山谷。（猜自然现象一）

105. 忽儿不见忽儿有，像虎像龙又像狗，太阳出来它不怕，大风一吹它就走。

106. 脚踏千江水，手扬满天沙，惊起林中鸟，打折园里花。

107. 看不见，摸不着，不香不臭没味道，说它宝贵到处有，动物植物离不了。

108. 说它多大有多大，日月星辰全装下，（猜天文名词一）

109. 战地消息，（猜气象名词一）

110. 整日不高兴，（猜天文名词一）

111. 宝台民歌。（猜气候名词一）

112. 花儿天上栽，刚开就下来，春夏秋不长，寒冬才见它。

113. 白云落人间，朦胧在眼前，风吹轻轻飘，日出慢慢散。

114. 一物到处有，用棒赶不走，用眼看不见，用手摸不着，嘴嚼无味道，无它活不久。

115. 清晨看花草，珍珠真不少，我去拿不来，你去也白跑。

116. 生来白光光，像个玻璃样，越冷越结实，热了水汪汪。

117. 一夜风吹白花开，花从水气凝结来，今宵人间住一宿，明天日出回天台。

118. 彩色锦缎挂天边，夕阳映照更好看，姑娘见了空欢喜，不能剪来做衣裳。

119. 我的色谱有七种，雨后常常伴日出，谁若平时想念我，迎着太阳喷水雾。（猜自然现象一）。

120. 大小硬豆往下砸，危害人类坏处大，干尽伤天害理事，掌握科学战胜它。

121. 一种花儿真奇怪，到了冬天开起来，岁岁不留花种子，年年花开飘世界。

122. 鹅毛满天飞，落地盖银被，麦苗喜欢它，春暖化成水。

123. 不能压缩，加料麦色，冷了结冰，热了翻波。

124. 远看是个蛋，近瞧蛋半个，谁想伸手拿，一碰它就破。

125. 水冲冲不走，火烧烧不掉，平地到处有，高空渐稀少。

126. 站在山谷放声唱，声音圆润多宏亮，是谁迎面来对歌，疑是高山亮金嗓。（猜自然现象一）

127. 体态多轻盈，一生漫天游，风吹脚不稳，雨来它牵头。

128. 无风不开，有风花开，刚开又落，落了又开。

129. 要问胸怀有多大，千江万河容得下，一旦水面风暴起，掀起千层雪浪花。

130. 人人有个好朋友，乌黑身子乌黑头，灯前月下伴你走，一到暗处就分手。（猜自然现象一）

131. 一个炽热大火球，肉眼不敢正视它，上有黑子刮风暴，还有耀斑常爆炸。（猜天体一）

132. 太阳是个火将军，一个士兵在护卫，它围太阳转一圈，世上人人长一岁。（猜天体一）

133. 有时变把小镰刀，不能用来割麦穗，有时变个圆玉镜，不能梳妆照眉目。（猜天体一）（以下除随条注明外，各猜花名一）

134. 一夜风雨景色新，宝塔层层地面生，楼上有楼盖帷幕，中间空空无一人。（猜植物一）

135. 身穿绿布袍，头戴黄草帽，风来点点头，朝着太阳笑。

136. 绿藤藤，爬篱笆，藤藤上，挂喇叭。

137. 远看花丛里，有只红公鸡，一天站到晚，不吃也不啼。

138. 一个小姑娘，生在水中央，身穿粉红衫，坐在绿船上。

139. 不怕寒风刺骨吹，不怕大雪漫天飞，百花凋谢花更美，似火红花冰雪陪。

140. 木兰之子。（猜果实一）

141. 白如玉，穿黄袍，只有丁点大，却是宝中宝。（猜果实一）

142. 节节高，像根竹，只吃生，不吃熟。（猜植物一）

143. 小蛇弯弯过，爬架又爬坡，结满小晶果，人说新疆多。（猜水果一）

144. 来饮我清泉，香甜又解馋，内装黑宝石，外形圆溜溜。（猜水果一）

145. 桃园三结义，张飞在腹里，去了关云长，方知白刘备。（猜水果一）

146. 黄瓷瓶，口儿小，打破瓷瓶儿，露出红珠宝。（猜果实一）

147. 身穿绿衣裳，肚里水汪汪，生的儿子多，个个黑脸膛。（猜水果一）

148. 黄金条，包银条，中间弯弯两头翘。（猜水果一）

149. 青青果，圆溜溜，咬一口，皱眉头。（猜水果一）

150. 生在污泥里，撑伞立水中，花开人人爱，粉面泛水红。

151. 幼小时节味好尝，大时做笛把歌唱，老时拿来撑船用，长

年战斗江河上。(猜植物一)

152. 形状像冬瓜,大小如梅子,颜色同板栗,果核似梭子。(猜水果一)

153. 黄铜铃,紫铜铃,铜铃里面黑铁心。(猜水果一)

154. 红被面,白被里,兄弟八九住一起,有酸有甜逗人喜。(猜水果一)

155. 热带是我家,高高伞一把,叶达四米长,果如篮球大。(猜植物一)

156. 黄皮做面子,白布做里子,打开白布看,色着好梳子。(猜水果一)

157. 高高个儿身穿青,脸儿金黄喜盈盈,天天向着太阳笑,结的果实数不清。

158. 身上挂满刀,刀鞘外长毛,里面藏宝宝,宝宝是油料。(猜植物一)

159. 脱去黄金袍,露出白玉体,身子比豆小,名字有三尺。(猜食物一)

160. 爹蓬头,娘蓬头,生的儿子尖尖头,幼时可吃不可用,成材能用不能吃。(猜植物一)

161. 生在山里,死在锅里,活在壶里,香在水里。(猜食物一)

162. 模样像根竹,有节不太粗,制糖好原料,吃生不吃熟。(猜植物一)

163. 弯弯树,弯弯藤,夏日搭凉棚,结果水灵灵。(猜水果一)

164. 紫色树,开紫花,花开结紫瓜,里面藏芝麻。(猜蔬菜一)

165. 红公鸡,绿尾巴,钻到地底下,出来要人拔。(猜蔬菜一)

166. 兄弟七八个，围着柱子坐，一说要分家，衣服全撕破。（猜蔬菜一）（以下各猜节气一）

167. 漓江之水。

168. 赤日炎炎似火烧。

169. 千树万树梨花开。

170. 风卷残叶秋去也。

171. 冲破黎明前的黑暗。

172. 流水落花春去也。

173. 大地微微暖气吹。

174. 三人同日去。

175. 中国儿童节。

176. 花季与君别。

177. 八旗子弟。（以下各猜人体部位一）

178. 上有毛，中间一对好鲜桃。

179. 左有空，右有空，是香是臭它最懂。

180. 小小玻璃小小窗，小小书童在书房，四面八方看得见，就是从不出书房。

181. 兄弟二人分两院，隔山隔水不隔音。无冤无仇也无恨，就是终生不相见。

182. 十个小伙伴，分成两个班，互相团结紧，倒海又移山。

183. 上下两对兵，把守八洞门，那个进门去，打得碎粉粉。

184. 眼下有座山，只能见山尖，山中有两洞，空气通里面。

185. 兄弟俩，一般大，隔着毛山不说话。

186. 高高山上一蓬草，月月割来月月发，一年四季割不完，不

割又怕人笑话。（以下各猜地理名词一）

187. 诛。

188. 退路。

189. 亚洲。

190. 熔岩。

191. 灌溉。

192. 孔子墓。

193. 墙上挂满古兵器。

194. 往日随风乱飞流，骆驼当作一叶舟，海市蜃楼多奇景，"四化"叫它绿油油。

195. 不是西瓜不是蛋，用手一拨会打转，别看它的个儿小，能载高山和海洋。（猜学具一）

196. 一张画，墙上挂，有的小，有的大，小的不过几个县，大的容纳全天下。（猜学具一）

（以下各猜矿物一）

197. 掉了钱。

198. 出售商品。

199. 抵押石头。

200. 开口就是钱。

201. 每日如此不高兴。

202. 一个黑大汉，出身在深山，力量大无穷，拉车又拉船。

203. 住在深山坑里，炼在烈火炉里，为了大家温暖，不怕牺牲自己。

204. 不是水，哗哗流，不是泉，喷个够，地下有，海底有，搞建设，跪前头。

205. 家住地下万丈岩，工人喝令它出来，轮船吃饱海里游，飞机喝足任飞翔。

206. 千锤百炼出深山，烈火焚烧只等闲，粉身碎骨全不顾，要留清白在人间。

（以下各猜城市一）

207. 起锚扬帆出江口。

208. 双喜临门。

209. 一路平安。

210. 风平浪静。

211. 千里戈壁滩。

212. 大家都笑你。

213. 海上绿洲。

214. 带枪的男子。

215. 八月飘香香不满园。

216. 夸夸其谈。

217. 鲜花满海湾。

218. 快乐的土地。

219. 银河渡口。

220. 相差无几。

221. 空中码头。

（以下除随条注明外，各精历史人名一）

222. 唐代通宝。

223. 爷爷打先锋。

224. 看秤。

225. 读完小学进中学。

226. 讲述打赢的消息。

227. 十八子在一起。

228. 东方渐渐欲晓。

229. 胸无半点墨。

230. 身体好才能办事。

231. 冉冉飞云怀远人。

232. 今日勤植树，来日可乘凉。

233. 秋色融融。

234. 火热的诗篇。

235. 泳、泳、泳、泳、泳、泳。

236. 晋室西渡。

237. 狭泰山以超北海。

238. 汉朝天下。

239. 话说住房改革。

240. 祝捷。

241. 江苏原野。

242. 冤情由来。

243. 敲金鼓；放焰火；满园李花子万朵。（猜三种自然现象）

244. 赶羊群；吊银线；彩色桥梁空中悬。（猜三种自然现象）

245. 大哥天上叫，二哥把灯照，三哥流眼泪，四哥到处跑。（猜四种自然现象）

246. 系天的带子，铺地的锯子，挂檐的筷子，撒窗的珠子。

（猜四种自然现象）

247. 老大头上一撮毛，老二脸上似火烧，老三越长腰越弯，老四开花节节高。（猜四种植物）

248. 大姐长得美，二姐一肚水，三姐露着牙，四姐歪着嘴。（猜四种水果）

249. 大哥头上戴铁帽，二哥身穿大红袍，三哥浑身都是刺，四哥好像一把刀。（猜四种蔬菜）

250. 大嫂胖头胖脑，满身白毛；二嫂扁头扁脑，凸肚凸腰；三嫂圆头圆脑，黑纹绿袍四嫂红头红脑，头戴绿帽。（猜四种瓜）

251. 老大面软心硬，老二心软面硬，老三肚里雪白，老四满脸通红。（猜四种植物）

252. 大将军披头散发，二将军黄袍花甲，三将军肥头肥脑，四将军瘦瘦刮刮。（猜四种动物）

253. 大姐天天逛花园，二歌弹琴黑夜天，三姐织布到天明，四妹做饭香又甜。（猜四种动物）

254. 一个叫姑姑，一个叫妈妈，一个叫哥哥，一个叫娃娃。（猜四种动物）

255. 山上的马儿骑不得，草里的棍儿拾不得，花边的草鞋穿不得。（猜两种动物）

256. 家住山下溪，龟师称兄弟，人家皮包骨，我是骨包皮。（猜动物一）

257. 高山上一蓬草，草底下一对宝，宝底下一个墩，墩底下开大门。（猜人体四种器官）

258. 全村共有二十娃，五个家伙做一家，两家灵巧会干事，两

家蚕笨地上爬。（猜人体两个器官）

259. 百废俱兴。（白头格·猜省名一）

260. 雾都。（求凰格、猜市名一）

261. 巨轮远航。（秋千格·猜市名一）

谜　底

1. 恐龙。

2. 知了。

3. 细菌。

4. 蜗牛。

5. 蜗牛。

6. 蜘蛛。

7. 猪。

8. 象。

9. 乌龟。

10. 刺猬。

11. 熊猫。

12. 蛇。

13. 蝙蝠。

14. 蛇。

15. 乌龟。

16. 蚯蚓。

17. 老鼠。

18. 老虎。

19. 骆驼。

20. 梅花鹿。

21. 象。

22. 狐狸。

23. 熊猫。

24. 猴子

25. 公鸡。

26. 长颈鹿。

27. 蛇。

28. 牛。

29. 山羊。

30. 绵羊。

31. 水牛。

32. 马。

33. 奶牛。

34. 兔。

35. 猪。

36. 猫。

37. 蚯蚓。

38. 骆驼。

39. 大象。

40. 长颈鹿。

41. 熊。

42. 狮子。

43. 狼。

44. 鹿。

45. 蜻蜓。

46. 蜜蜂。

47. 萤火虫。

48. 蝴蝶。

49. 蟋蟀。

50. 蚕。

51. 蜜蜂。

52. 螳螂。

53. 知了。

54. 萤火虫。

55. 螃蟹。

56. 鱼。

57. 虾。

58. 章鱼。

59. 鳄鱼。

60. 鲸鱼。

61. 白鹤。

62. 啄木鸟。

63. 猫头鹰。

64. 燕子。

65. 大雁。

66. 鹰。

67. 驼鸟。

68. 丹顶鹤。

69. 企鹅。

70. 啄木鸟。

71. 信天翁。

72. 喜鹊。

73. 百灵鸟。

74. 布谷鸟。

75. 冰。

76. 空气。

77. 雨。

78. 太阳。

79. 天王星。

80. 木星。

81. 日蚀。

82. 山。

83. 露珠。

84. 雪花。

85. 雾。

86. 风。

87. 水。

88. 时间。

89. 银河。

90. 太阳。

91. 太阳。

92. 月亮。

93. 彩虹。

94. 雨。

95. 人影。

96. 水。

97. 闪电。

98. 回声。

99. 银河。

100. 月蚀。

101. 水。

102. 闪电。

103. 北极星。

104. 雷。

105. 云。

106. 风。

107. 空气。

108. 宇宙。

109. 阵风。

110. 天气。

111. 台风。

112. 雪。

113. 雾。

114. 空气。

115. 露珠。

116. 冰。

117. 霜。

118. 晚霞。

119. 彩虹。

120. 冰雹。

121. 雪花。

122. 雪。

123. 水。

124. 水泡。

125. 空气。

126. 回声。

127. 云。

128. 浪花。

129. 海洋。

130. 影子。

131. 太阳。

132. 地球。

133. 月亮。

134. 竹子。

135. 向日葵。

136. 牵牛花。

137. 鸡冠花。

138. 荷花。

139. 红梅花。

140. 花生。

141. 稻谷。

142. 甘蔗。

143. 葡萄。

144. 西瓜。

145. 荔枝。

146. 石榴。

147. 西瓜。

148. 香蕉。

149. 梅子。

150. 荷花。

151. 竹子。

152. 枣。

153. 枇杷。

154. 桔柑。

155. 椰子。

156. 柚子。

157. 葵花。

158. 大豆。

159. 大米。

160. 竹子。

161. 茶。

162. 甘蔗。

163. 葡萄。

164. 茄子。

165. 红萝卜。

166. 蒜。

167. 清明。

168. 大暑。

169. 大雪。

170. 冬至。

171. 白露。

172. 夏至。

173. 小暑。

174. 春分。

175. 立夏。

176. 春分。

177. 小满。

178. 眼睛。

179. 鼻子。

180. 眼睛。

181. 耳朵。

182. 手。

183. 牙齿。

184. 鼻子。

185. 耳朵。

186. 头发。

187. 赤道。

188. 回归线。

189. 次大陆。

190. 化石。

191. 地下水。

192. 丘陵。

193. 戈壁。

194. 沙漠。

195. 地球仪。

196. 地图。

197. 铁。

198. 硼。

199. 碘。

200. 铝。

201. 天然气。

202. 煤。

203. 煤。

204. 石油。

205. 石油。

206. 石灰。

207. 上海。

208. 重庆。

209. 旅顺。

210. 宁波。

211. 长沙。

212. 齐齐哈尔。

213. 青岛。

214. 武汉。

215. 桂林。

216. 海口。

217. 香港。

218. 福州。

219. 天津。

220. 大同。

221. 连云港。

222. 李时珍。

223. 祖冲之。

224. 张衡。

225. 毕升。

226. 陈胜。

227. 李自成。

228. 徐光启。

229. 怀素。

230. 康有为。

231. 徐霞客。

232. 林则徐。

233. 黄兴。

234. 章太炎。

235. 陆游。

236. 司马迁。

237. 岳飞。

238. 刘邦。

239. 白居易。

240. 陈胜。

241. 吴广。

242. 屈原。

243. 雷、闪电、星。

244. 云、雨、虹。

245. 雷、电、风、雨。

246. 虹、雪、冰棱柱、雪珠。

247. 玉米、高粱、水稻、芝麻。

248. 苹果、葡萄、石榴、桃子。

249. 茄子、红萝卜、黄瓜、画角。

250. 东瓜、南瓜、西瓜、北瓜。

251. 鲜桃、核桃、棉桃、樱桃。

252. 狮、虎、熊、狼。

253. 蝴蝶、蝈蝈、蜘蛛、蜜蜂。

254. 鸽、羊、鸡、乌鸦。

255. 虎、蛇、蜈蚣。

256. 鳖。

257. 头、眼睛、鼻子、嘴。

258. 手指、脚趾。

259. 福建。

260. 连云港。

261. 上海。

5. 音、体、美、劳

（以下除随条注明外，各猜音乐器具一）

1. 异口同声。（猜音乐名词一）

2. 结束语。（猜音乐名词一）

3. 最后重安排。（猜音乐家一）

4. 宋字没有盖，容字去了盖。（猜歌唱家一）

5. 黄河十八湾。（猜音乐名词一）

6. 冰上舞曲。（猜音乐名词一）

7. 听力增加一倍。（猜音乐家一）

8. 它的肚皮长得怪，能大能小变得快，肚里装的尽是歌，一张一缩乐开怀。

9. 长长一条弄堂，沿途七八小窗，窗里一阵风起，声音悠扬四方。

10. 肚子圆，脖子长，耳朵长在脖子上，若是调儿唱不准，拧它耳朵细商量。

11. 面皮紧而厚，肚子大而空，不打不出声，一打咚咚咚。

12. 一个红南瓜，把它腰里挂，一到喜庆日，边跳边打它。

13. 用脚踩，用手摸，能呼吸，会唱歌。

14. 一物生来两面坡，坡顶好像马蜂窝，对准蜂窝吹吹气，陪我唱起动人歌。

15. 像冬瓜，腰里挂，一面跳，一面打。

16. 一位姑娘瘦条条，头重脚轻站不牢，两个耳环左右摆，说起话来咚咚咚。

17. 哥俩一般大，身硬性子嘎，不见面，不说话，一见面，就打架。

18. 面皮厚，肚里空，上下穿着一身红，举起槌子敲儿下，只听就喊痛痛痛。

19. 像锅又太浅，说它圆又扁，生来怪脾气，喜欢人打脸。

20. 铜家大姑娘，一身光闪闪，和你一赌气，喉咙比我响。

21. 一把壶儿嘴巴多，有的高来有的矮，装物装水都不行，却能帮你把歌唱。

22. 头大身子细，高矮随人意，自己不说话，替人道声气。

23. 磁头铁目圆嘴巴，一条彩带两边扎，别人说话它静听，大家静听它唱歌。

24. 圆筒脚，长瘦身，剩根骨头两条筋，一旦唱歌它跑调，揪住耳朵来教训。

25. 一张圆盘薄又薄，脸上皱纹多又多，一根针儿是侦探，原来里面藏着歌。

26. 肚皮皱皱生得怪，能大能小变得快，里面装得都是歌，一张一缩乐开怀。

27. 绷紧圆肚皮，生来让人打，嘴里连喊痛，心里乐开花。

28. 一群小蝌蚪，浑身黑黝黝，天生爱渡五江水，各有一副好歌喉。（猜音乐名词一）

（以下除随条注明外，各猜体育器具一）

29. 走向世界。

30. 二。

31. 用兵之道。（猜体育项目一）

32. 举手之劳。（猜体育名词一）

33. 娘子军列队。（猜体育名词一）

34. "三十六计走为上"（猜体育名词一）

35. 德、智、体、美、劳都得到发展。（猜体育名词一）

36. 跃进跃进再跃进。（猜体育项目一）

37. 孤军作战。（猜体育项目一）

38. 说话和气。（猜体育项目一）

39. 举手赞成。（猜体育项目一）

40. 亡羊补牢。（猜体育术语一）

41. 会吃没有嘴，会走没有腿，虽然有河界，过河不淌水。

42. 飞在空中像只鸟，不会唱来不会叫，时时跌落在网上，蹦的一跳又飞掉。

43. 一物高高挂，专装皮西瓜，装了千百个，一个没留下。

44. 一个大西瓜，十人争抢它，虽然抢到手，可又扔了它。

45. 有个宝宝，圆头圆脑，拍它一拍，跳上一跳，拍得越重，跳得越高。

46. 远看像高坡，近看像楼阁，上坡慢慢走，下坡快如梭。

47. 一个胖老头，终年摇呀摇，生来力气大，谁也推不倒。（猜娱乐器具一）

48. 两根棍儿四条腿，不怕雨打与风吹，天天站在操场上，让人锻炼不怕累。

49. 一个老头，短身大头，叫它睡觉，它总摇头。（猜娱乐器具

一）

50. 有只小公鸡，从来不会叫，飞到脚面上，就会跳一跳。

51. 小小摇把手中拿，来回翻滚风浪大，我在浪里上下跳，你说手里拿着啥。

52. 双手摇，双脚跳，钻城门、跨索桥。（猜体育项目一）

53. 大地春风动，彩蝶飞半空，远看任飞翔，近看有人挚。

54. 四四方方一座城，城里兵马闹盈盈，两位将军相对坐，不动刀枪比输赢。（猜体育项目一）

55. 两把刀，不切菜，脚一蹬，跑得快。

56. 一匹马儿两人骑，这边高来那边低，虽然马儿不走路，两人骑得笑嘻嘻。

57. 一物生来真稀奇，满身绒毛不是鸟，没有翅膀空中飞，没有双足地上跳。

58. 小小花公鸡，羽毛真美丽，用脚踢一踢，跳在半空里。

59. 两国交战，马壮兵强，马不吃草，兵不吃粮。

60. 圆头圆脑小东西，不吃大米吃空气，打它耳光蹦蹦跳，没有骨肉只有皮。

61. 一个白娃娃，两人跟它要，跑到谁跟前，照头打一下。

62. 一线相通，飞在天空，只怕下雨，不怕刮风。

63. 纸皮竹骨胡须长，没有翅膀能飞翔，只爱线儿来领路，还要风儿来帮助。

64. 既无准星，又无板机，若要射击，整根抛掷。

65. 一座独桥平地架，桥下无水只有沙，禁止兵马桥面过，专让人们横桥跨。

66. 朵朵昙花开四季，飘在朗朗晴空里，不见主人洒水浇，只须汗水和毅力。（猜体育项目一）

67. 一个圆球空中飞，你推我挡他跳扣，腾空滚跃救险球，打出水平第一流。（猜体育项目一）

68. 比乒乓球大，却比篮球小，分量可不轻，照样夺锦标。

69. 如雄鹰展翅，像鸽子翻滚，胆大技艺高，凌空落海燕。（猜体育项目一）

70. 有个空中白元宵，案板上面飞又跳，一副低网作分界，它为对手分高低。（猜体育项目一）

71. 是马，不会跑，是饼，不能吃，是球，不能打，是枪，不射击。（猜体育器具四）

72. 不是冠军不交手。（猜体育名词一）

73. 先头部队。（猜体育名词一）

74. 送君千里。（猜体育名词一）（以下除随条注明外，各猜美术名词一）

75. 好花还得绿叶扶。

76. 穿红披绿。

77. 一笔画三千。

78. 不深刻。

79. 有花不能采，有果不能摘，有鸟不能抓，有树不能爬。

80. 北国风光。

81. 岁朝阁。

82. 生来头发白，用时头发黑，睡觉戴帽子，起来得人扶，虽不是学者，却也能写书。

83. 好像牙膏，不能刷牙，五颜六色，画画用它。（猜文具一）

84. 小小孩儿巧梳妆，五颜六色身细长，不爱写字爱画画，画出画来真漂亮。（猜学具一）

85. 个儿细，身子长，中有一根直肚肠，能写字，能画画，天天陪我学习忙。（猜文具一）

86. 我家有块石头田，半边有水半边干，一条乌龙来戏水，一只黑虎卧一边。（猜文具一）

87. 小小身体不算长，黑皮黑肉黑衣裳，常去黑盆去洗脚，只见缩短不见长。（猜文具一）

88. 一个小矮人，大约两寸长，问它姓和名，恰和你一样，走过红泥田，跳在白地上。（猜文具一）

89. 小小孩子真漂亮，五颜六色身细长，山水花鸟它能绘，表里如一有文章。（猜文具一）

90. 明月万里照山岗。（猜画家一）。

91. 放眼世界。（猜画家一）（以下除随条注明外，各猜劳动项目一）

92. 桥在肩上头，身在桥下头，两头都有水，就是不见流。

93. 你眼看我眼，我手抓你腰，后生推一下，老人推一朝。

94. 面朝泥水背朝天，手执仙草水面点，由青变黄生珠粒，由黄变白可卖钱。

95. 我看着你，你盯着我，没我就没你，没你却有我。（猜生活项目一）

96. 面朝泥土背朝天，手执小草水面点，由生变黄生珍珠，白白珍珠两头尖。

97. 独木桥，扛肩上，两个池塘挂两边，行船的在桥下走，说话的在桥上面。

98. 石头重重不是山，弯弯小路走不完，雷声隆隆不小雨，大雪纷飞不觉寒。

99. 生在树上，落在肩上，干活躺下，休息靠墙。（猜劳动工具一）

100. 十个弟兄张口袋，五个弟兄走进来。

101. 一只脚，睡门角，清晨起来满地爬。（猜劳动工具一）

102. 一只花公鸡，不吃也不叫，桌上走一遍，灰尘都跑掉。（猜劳动工具一）

103. 倒着披头散发，斜着地上来爬，有事水里洗澡，无事墙角一挂。（猜劳动工具一）

104. 四四方方一扇窗，旁边坐个小姑娘，栽花不用土，养鱼不用缸。

105. 十个裁缝两边分，扭扭插插忙不停，不用机器不用剪，做成衣服全靠针。

106. 远看观音坐莲，近看猴子打拳，身上没有半根纱，手里又拿四两棉。（猜生后项目一）

107. 不怕身上脏，常在墙脚藏，出来走一遍，地上光又光。（猜劳动工具一）

108. 火烧罗浮山，水漫白沙滩，两边风雨紧。中间搭桥行。

109. 木弓铁做弦，拉弓不射箭，听得雷声响，不屑纷纷飞。

110. 一根木头挂三件东西，一件悬空，两件着地；两件悬空，一件着地。

111. 四角方方，皮纸糊窗，戳出金鸡，飞出凤凰。

112. 一堆黄泥卷稻草，细细枝条插入腰，你不嫌我老，我不嫌少，双双同到老。

（以下除随条注明外，各猜体育运动员一）

113. 工人一对红。

114. 丈夫本是寻常人。

115. 双联开关保安全。

116. 猪呀羊呀送到哪里去。

117. 闻鸡起舞。（猜体育项目一）

118. 笑声之外。（猜教育名词一）

119. 调回故乡。（猜职业一）

120. 〉0〈（猜三种乐器）

121. 琴。（求凰格猜体育名词一）

122. 旅行写生。（白头格．美术名词一）

123. 黄金。（求凰格猜画家一）

谜 底

1. 大合唱。

2. 尾声。

3. 聂耳。

4. 李谷一。

5. 流行曲。

6. 滑音。

7. 聂耳。

8. 手风琴。

9. 笛子。

10. 二胡。

11. 鼓。

12. 腰鼓。

13. 风琴。

14. 口琴。

15. 腰鼓。

16. 拨浪鼓。

17. 钹。

18. 鼓。

19. 锣。

20. 喇叭。

21. 笙。

22. 护音器。

23. 录音机。

24. 二胡。

25. 唱片。

26. 手风琴。

27. 鼓。

28. 五线谱。

29. 足球。

30. 高低杠。

31. 武术。

32. 上肢运动。

33. 女排。

34. 第一跑道。

35. 五项全能。

36. 三级跳远。

37. 单打。

38. 柔道。

39. 举重。

40. 后卫。

41. 象棋。

42. 羽毛球。

43. 篮球网。

44. 篮球。

45. 皮球。

46. 滑梯。

47. 不倒翁。

48. 双杆。

49. 不倒翁。

50. 毽子。

51. 跳绳。

52. 跳绳。

53. 风筝。

54. 下棋。

55. 滑冰刀。

56. 跷跷板。

57. 羽毛球。

58. 毽子。

59. 橡棋。

60. 皮球。

61. 乒乓球。

62. 风筝。

63. 风筝。

64. 标枪。

65. 跳高架。

66. 跳伞。

67. 打排球。

68. 铅球。

69. 跳水。

70. 打乒乓球。

71. 木马、铁饼、铅球、标枪。

72. 单打第一名。

73. 冠军。

74. 最后得分。

75. 配色。

76. 着色。

77. 速写。

78. 浮雕。

79. 图画。

80. 冷色。

81. 年画。

82. 毛笔。

83. 颜料。

84. 蜡笔。

85. 铅笔。

86. 砚台。

87. 墨条。

88. 图章。

89. 彩色蜡笔。

90. 齐白石,

91. 张大千。

92. 挑水。

93. 穿针。

94. 插秧。

95. 照镜子。

96. 插秧。

97. 挑水。

98. 推磨。

99. 扁担。

100. 穿袜子。

101. 扫帚。

102. 鸡毛掸。

103. 拖把。

104. 绣花。

105. 织毛衣。

106. 洗澡。

107. 扫帚。

108. 煮饭。

109. 锯木。

110. 抬、挑。

111. 刺绣。

112. 嫁接果木。

113. 巫丹。

114. 郎平。

115. 聂卫平。

116. 谢军。

117. 早操。

118. 音乐周。

119. 歌唱家。

120. 大号、圆号、小号。

121. 和棋。

122. 油画。

123. 齐白石。

6. 综 合

（以下除随条说明外，各猜文化用品一）

1. 一万载。（猜现代书名一）

2. 旅美见闻录。（猜古代书名一）

3. 歼。（猜外国书名一）

4. 女娲补天。（猜教育名词一）

5. 独得一百分。（猜教育名词一）

6. 盼望金榜题名时。（猜教育名词一）

7. 脱颖而出。（猜教育名词一）

8. 嘴里含着一把锤，说话声调多清脆，上课下课做体操，都得听从它指挥。（猜学校用具一）

9. 祖宗多姓柴麻，从小农村安家，长大嫁到工厂，又换一身白褂，生得一白二净，能描最美图画。

10. 不会说话，学问怪大，要学知识，动手翻它。

11. 随我求知一个宝，课本文具它装好，学啥知识它供我，天天陪我上学校。（猜学习用品一）

12. 我家有块石头田，半边有水半边干，一条乌龙来戏水，一只黑虎卧一边。

13. 铁嘴巴，爱咬纸，纸上落个铁牙齿。

14. 长长舌头尖尖嘴，说话往外流口水，脱掉帽子才上路，戴上帽子要歇腿。

15. 像糖不是糖，有圆也有方，帮你改错字，自己不怕脏。

16. 一位演说家，天天到咱家，要知天下事，请你去找它。

17. 千层宝库来翻开，漆黑纵横一片排，历代事情它记载，知识无它传不开。

18. 老师不说话，肚里学问大，有字不认识，尽管请教它。

19. 像画不是画，四周开红花，千金难买到，送到英雄家。

20. 姐妹俩人一样红，各人语言不相同，庆祝节日门前站，一个西来一个东。

21. 姐俩一个样，都穿红衣裳，专爱贴门站，喜庆话儿讲。

22. 一位好朋友，每天来碰头，事事告诉我，从来不开口。

23. 紧靠桌旁，待候终年，虽然一字不识，肚里文章连篇。

24. 小先生，白身体，不惜牺牲自己，帮助大家学习。（猜教学用品一）

25. 身穿白衣，爱去黑地，教育别人，碎骨乐意。（猜教学用品一）

26. 有个大汉子，浑身黑溜溜，读一世的书，全是写的白字。（猜教学用品一）

27. 老大说话先脱帽，老二说话先开刀，老三说话先喝水，老四说话雪花飘。（猜文具用品四）

28. 四四方方一块粑，肚里包着黑芝麻，粒粒从人嘴里过，一世也难咬着它。（猜学习活动一）

29. 它一句，我一句，它若千百句，我也千百句，我说的全是它说的。

30. 四边开着锯齿花，五颜六色真好看，它是信的好朋友，天南地北都走遍。

31. 有口不说也不笑，无脚乘车走天下，人人对它不保密，让它捎去知心话。

32. 一个绿大汉，马路一边站，嘴中吞下信，能把消息传。（以下各猜农业工具一）

33. 生产队里有个宝，只喝油来不吃草，别看名字不积极，干起活来效率高。

34. 一物田间卧，边吐又边渴，抗旱又排涝，高唱丰收歌。

35. 吃水本领大，水库能吞下，抗旱丢扁担，农民喜欢它。

36. 身体圆圆像只桶，田间果园来劳动，喷云吐汽小嘴巴，害虫见它把命送。（以下除随条说明外，各猜交通工具一）

37. 公说公有理，婆说婆有理。（猜交通名词一）

38. 产品全部合格。（猜交通名词一）

39. 更与何人说。（猜交通名词一）

40. 谁也知它热心肠，不欺老少不嫌贫，不怕风吹和雨打，光明送给过路人。

41. 长年站定公路上，不叫苦来不换岗，三贫路口扎下根，专给人们指方向。

42. 指挥棒、手中命，车辆行人都叫他。（猜职业一）

43. 哥哥弟弟一般高，出门总是前后跑，弟弟硬要追哥哥，追来追去追不着。

44. 不是神仙能上天，腾云驾雾只等闲，高山峻岭抛身后，百里行程一瞬间。

45. 肚子大，尾巴小，背上长个大翅膀，垂直起飞多轻松，起落不必用跑道。

46. 有匹铁马长得好，不喝水来不吃草，用脚一蹬嘟嘟叫，载起主人往前跑。

47. 陆上行，水里开，它的速度实在快，不是飞机和火箭，却能腾空飞起来。

48. 一根线，扯得远，马儿线上跑，车儿线上窜，条条线儿通北京，条条线儿都相连。（猜交通设施一）

49. 驼背公公，力大无穷，爱驮什么，车水马龙。（猜交通设施一）

50. 四只橡皮腿，喝油又喝水，送人又载货，奔跑快如飞。（猜车辆一）

51. 铁臂可长又可短，高低随意四面转，提高千斤不费劲，活动完全用途宽。（猜车辆一）

52. 一物生来权力大，车马行人服从它，睁开红眼不可闯，睁开绿眼走没差。

53. 一间大铁房，四面玻璃窗，接送千万人，上班下班忙。

54. 高高个儿三色眼，站在路口来值班，目光一变下命令，谁若乱闯出危险。

55. 水上有座大高楼，铁甲板面尖尖头，载人运货容量大，江河湖海到处走。

56. 无嘴会说话，无手会摇铃，相隔千里路，声音听得着。（猜通迅工具一）

57. 一排数字挂胸前，路途迢迢一线牵，一个耳朵一张嘴，隔着千里把话谈。（猜通迅工具一）（以下除随条注明外，各猜日常生

活用品一）

58. 小小毛扫，一手拿开，白石缝里，早晚打扫。

59. 不是糕点不是糖，洁白芬芳筒里装，不能吃来不能喝，每天早晚要尝尝。

60. 一块长方巾，常在绳上搭，要洗脸和手，都要用上它。

61. 既不能算人，却与人同睡，既不能算兽，却有四条腿。

62. 两个圈，分两边，春夏秋冬光闪闪，有人从不需要它，有人要它长作伴。

63. 一块油糕真稀奇，不能吃进肚子里，帮助大家搞清洁，除污去垢很吃力。

64. 有风它不动，无风它就动，不动没有风，一动就有风。

65. 弯弯曲曲一条龙，口抹胭脂一点红，吞云吐雾在房中，气死许多小飞虫。

66. 一只雀，飞上桌，捏尾巴，跳下河。

67. 方方一座城，城里兵一营，城门开一次，兵就少一个。

68. 兄弟全是瘦个长，长着一色小脑袋，平时挤着不吭声，出门办事就发火。

69. 又圆又亮，左右一样，脚蹬两耳，腰跨鼻梁。

70. 兄弟一双，身子细长，只爱吃草，不爱吃汤。

71. 哥俩一般高，一日三出操，廉洁数第一，团结互助好。

72. 小小圆形运动场，三个选手比赛忙，跑的路程分长短，最后时间一个样。

73. 一只小白鸽，飞到桌面上，你捏它尾巴，它亲你的嘴。

74. 上不怕水沸，下不怕火烧，家家厨房，都必配备。

75. 五脏玻璃造，全身铁皮包，身外冷冰冰，肚子热乎乎。

76. 一物生来真稀奇，日夜静静站屋里，人家脱衣它穿衣，人家脱帽它戴帽。

77. 一对小小船，各载客五员，无水走天下，有水船不开。

78. 长脖子，小小口，盛清水，坐高楼，要说打扮它第一，天天红绿插满头。

79. 像糖不是糖，能用不能尝，见水起白泡，去油又去脏。

80. 方方一木房，四周没有窗，开门看一看，全部是衣裳。

81. 钢铁骏马不停蹄，日夜奔跑不休息，蹄声嗒嗒似战鼓，声声催人争朝夕。

82. 一条藤儿结金瓜，生根结果在你家，年年看瓜瓜不长，夜夜开出漂亮花。

83. 一物默默挂墙壁，身穿三百多件衣，元旦开始给它剥，年底只剩一张皮。

84. 一盘弯曲蛇，头上冒红火，焚身吐烟雾，蚊子见它躲。

85. 独自一座亭，手举街上走，防雨和遮阳，它是好朋友。

86. 一个东西生来巧，坐的位置比人高，晚上它的腹空空，白天装着一肚毛。

87. 一对水鸭惹人爱，雨水雪地走出来，不怕泥泞不怕水，任凭人们脚下踩。

88. 我看着你，你盯着我，没我就没你，没你却有我。

89. 一条小冰溪，遇热化不开，谁若发高烧，它能发出来。（猜卫生工具一）

90. 一个小柜四方方，针剂药片里面装，伴着医生去出诊，它

是流动一药房。(猜卫生工具一)

91. 它的心肠热，待人有礼貌，客来脱下帽，鞠身把水倒。

92. 长方桌上两圆盘，接上一个大铁罐，一扭开关燃起火，做饭既快又方便。

93. 头戴玻璃平顶帽，身穿绿色铁长袍，夜里睁开一只眼，帮你仔细把路瞧。

94. 瞧着你的脸，按着你的心，快请你主人，开门接客人。

95. 一只看家狗，把住大门口，主人一捅它，它就忙开口。

96. 两条铁路一样长，整整齐齐铺成行，只见一辆小车过，两行自动变一行。

97. 长劲大肚皮，有嘴没有腿，吃的是白汤，吐的是黄水。

98. 尖嘴娃娃，双脚盘花，不吃米面五谷，专吃绸缎布纱。

99. 又圆又扁腹中空，有面镜子在当中，老少用它都低头，洗手洗脸又鞠躬。

100. 圆圆塘中池水浅，一张荷叶飘中间，人人见了都低头，捞起放下好几遍。

101. 麻脸长尾巴，用途真是大，"啪"的一声响，小妖回老家。

102. 四方一座城，城里有电灯，不见人影动，但闻说话声。(猜家用电器一)

103. 小小厨柜，寒心冷肺，保存食物，常有鲜味。(猜家用电器一)

104. 一种伞儿真奇怪，天阴下雨不撑开，出了太阳有用处，能煮饭来能炒菜。

105. 吞下黑炭心中红，烧水做饭有本领，盛暑屋外去渡假，酷寒屋里来过冬。

106. 一扇玻璃窗，光线明又亮，演戏放电影，天天换新样。（猜无线电器。）

107. 树上一朵花，开得格外大，有藤没有叶，爬上大树杈，会说又会唱，是位宣传家。（猜电迅工具一）

108. 听你演唱，一声不响，学你腔调，一模一样。（猜电迅工具一）

109. 一边说，一边听，隔山隔水不隔音，虽然相距千里远，办事不过几分钟。（猜电迅工具一）

110. 有头不长发，记忆人人夸，你提问题提，回答全不差。（猜电子工具一）

111. 脑袋生就蓬蓬相，辫子长长胜姑娘，上台从来不说话，专替他人来帮腔。

112. 没嘴会喊"嘀哒哒"，没腿能够跑天涯，有啥话儿请它捎，眨眼工夫就送到。（猜电迅工具一）（以下各猜食品一）

113. 无忧无虑。

114. 无脸见人。

115. 一见如故。

116. 四两拨千斤。

117. 美酒一杯歌一曲。

118. 兄弟一家团团坐，我靠你来我靠你，若是一旦分不开，衣衫破碎下油锅。

119. 有个奇怪不灰墙，椭圆围墙不透风，里面有白也有黄，人吃身体增营养。

120. 兄弟两人瘦又长，扭在一起下池塘，池塘里面滚几滚，马上变得胖又胖。

121. 白白一片似雪花，落到水里不见它，单独吃它会皱眉，不吃它时活不下。

122. 样子像糖又像盐，尝尝不甜也不咸，烧菜做汤用上它，味道格外香又鲜。（以下除随条注明外，各猜教育名词一）

123. 欲擒故纵。

124. 岳母刺字。

125. 引经据典。

126. 老师出题。

127. 说冷不冷，说热不热。

128. 孟德走路。（以下各猜现代作家一）

129. 百花齐放。

130. 天热吃雪糕。

131. 古屋。（以下各猜《水浒传》人物一）

132. 久不练功。

133. 废物。

134. 一目了然。

135. 古往今来。

136. 北京之春。

137. 闭门复习。

138. 太阳穴。

139. 再三谦让。

140. 双方安排。

（以下除随条注明外，各猜军事名词一。）

141. 卧射。

142. 琴师。

143. 水球比赛。

144. 闪电之后。

145. 国际大师。

146. 千营共一呼。

147. 鱼儿离不开水。

148. 满城尽带黄金甲。

149. 兵七进一。

150. 盘点枪支弹药。

151. 只此一家别无分店。

152. 借得皓月抚龙琴。（猜军事用物一）

153. 生来我是千里眼，敌机一来就看见，立刻告诉指挥部，拉开天网把敌歼。

154. 浑身钢铁造，无脚它会跪，开枪又打炮，穿沟跨战壕。（猜武器一）

155. 水中一西瓜，浑身长疙瘩，谁若碰上它，海底喂鱼虾。（猜武器一）

156. 像个小背包，本领可不少，平时能开山，战时打碉堡。（猜武器一）

157. 穿黄袍，戴铁帽，半过小人脾气躁，一撞屁股脑袋飞，打死豺狼狗强盗。（猜武器一）

158. 铁头木尾巴，生来脾气大，尾巴拉一把，头上就爆炸。

（猜武器一）

159. 一串瓜、腰间挂，抽掉筋，就开花。（猜武器一）

160. 无翅飞得远，浑身光闪闪，砰砰几声响，黑夜变白天。（猜武器一）

161. 一束强弧光，敌机见了慌，目标盯得准，为国固空防，（猜武器一）

162. 铁脖长长有一丈，张开大口朝天望，它要冒火发脾气，空中飞贼把命丧。（猜武器一）

163. 钢铁胸膛长嘴巴，扛在肩上不说话，手指一动就发火，作战放哨不离它。（猜武器一）

164. 一对圆眼黑娃娃，眼睛能够变戏法，万物被它瞧一瞧，远变近来小变大。（猜军事用物一）

165. 一个铜娃娃，生来嗓门大，从小就参军，专把命令下，（猜军事用物一）

166. 背着像个布疙瘩，撒在空中像朵花，腾云驾雾本领大，空军叔叔喜爱它。（猜军事用物一）

167. 一个大莲蓬，倒挂在天空，莲蓬落了地，跳出飞英雄。（猜军事用物一）

168. 不是簸箕不是锅，不是西盆不是锣，出操行军我背它，执勤打仗它护我。（猜军事用物一）。

169. 双手横握大铁铲，大声歌唱朝前赶，祖国建设打先锋，能填海来能移山。（猜机器一）

170. 看看没有，摸摸在手，像冰不化，似水不流。（猜建筑材一）

118

171. 嘴巴生得大又奇，不吃粮食爱吃泥，一只能吞几车泥，一天啃出一条渠。(猜机器一)

172. 铁汉胖墩墩，行动慢吞吞，工人喜欢它，专管道不平。(猜机器一)

173. 肚子圆圆两张口，专吃水泥沙石头，吐出泥浆拌得匀，能建房屋能筑路。(猜机器一)

174. 身穿红衣裳，无言墙边站，一旦有火警，专向火中钻。(猜消防工具一)

175. 身背水柜带水泵，穿着红袍戴铃铛，警报一响快如飞，一马当先奔火场。(猜消防工具一)

176. 名字叫人不是人，不吃不喝手脚勤，能开电脑会下棋，干活叫活负责任。(猜电子工具一)

177. 大的像房子，小的手中提，人称巧机器，外号叫"会计"，数数查资料，准快它第一，科研好帮手，生活好伙伴。(猜电子工具一)

178. 天下有颗小星星，五洲四海能联通，只要请它帮帮忙，互相能看又能听。(猜通迅工具一)

179. 穿云破雾上蓝天，宇宙空间转一转，科学资料装满舱。(猜运载工具一)

180. 靶心。(秋千格·猜军事名词一)

181. 教员欢聚。(秋千格·猜军事名词一)

182. 司马迁写书。(秋千格·猜书名一)

183. 攻与守的武器。(白头格·猜现代作家一)

谜 底

1. 《上下五千年》。

2. 《西游记》。

3. 《一千零一夜》。

4. 填空。

5. 单元。

6. 期中考。

7. 尖子生。

8. 铃。

9. 白纸。

10. 书。

11. 书包。

12. 砚台。

13. 订书机。

14. 钢笔。

15. 橡皮檫。

16. 报纸。

17. 书。

18. 字典。

19. 奖状。

20. 对联。

21. 对联。

22. 报纸。

23. 字纸篓。

24. 粉笔。

25. 粉笔。

26. 黑板。

27. 毛笔、铅笔、钢笔、粉笔。

28. 读书。

29. 读书。

30. 邮票。

31. 信封。

32. 邮筒。

33. 拖拉机。

34. 抽水机。

35. 水泵。

36. 喷雾器。

37. 各行其道。

38. 东西通行。

39. 便道。

40. 路灯。

41. 路标。

42. 交通警察。

43. 自行车。

44. 飞机。

45. 直升飞机。

46. 摩托车。

47. 气垫船。

48. 公路。

49. 桥。

50. 汽车。

51. 起重机。

52. 红绿灯。

53. 公共汽车。

54. 红绿灯。

55. 轮船。

56. 电话。

57. 电话。

58. 牙刷。

59. 牙膏。

60. 毛巾。

61. 床。

62. 眼镜。

63. 肥皂。

64. 扇。

65. 蚊香。

66. 汤匙。

67. 火柴。

68. 火柴。

69. 眼镜。

70. 筷子。

71. 筷子。

72. 钟表。

73. 汤匙。

74. 锅。

75. 热水瓶。

76. 衣架。

77. 鞋。

78. 花瓶。

79. 洗衣粉。

80. 衣柜。

81. 钟表。

82. 电灯。

83. 日历。

84. 蚊香。

85. 雨伞。

86. 帽子。

87. 胶鞋。

88. 镜子。

89. 体温计。

90. 药箱。

91. 热水瓶。

92. 煤气炉。

93. 手电。

94. 门铃。

95. 门锁。

96. 拉练。

97. 茶壶。

98. 剪刀。

99. 脸盆。

100. 毛巾。

101. 蝇拍。

102. 收音机。

103. 电冰箱。

104. 太阳灶。

105. 火锅。

106. 电视机。

107. 广播喇叭。

108. 录音机。

109. 长途电话。

110. 电脑。

111. 麦克风。

112. 电报。

113. 百事可乐。

114. 面包。

115. 速熟面。

116. 巧克力。

117. 可口可乐。

118. 蒜头。

119. 蛋。

120. 油条。

121. 食盐。

122. 味精。

123. 放假。

124. 背书。

125. 准考证。

126. 考生。

127. 寒假、暑假。

128. 操行。

129. 何其芳。

130. 冰心。

131. 老舍。

132. 武松。

133. 吴用。

134. 张清。

135. 史进。

136. 燕青。

137. 关羽。

138. 孔明。

139. 陆逊。

140. 吕布。

141. 伏击。

142. 导弹。

143. 游击战。

144. 雷达。

145. 边防军。

146. 集合号。

147. 民兵连。

148. 全民皆兵。

149. 八路军。

150. 核武器。

151. 独立营。

152. 照明弹。

153. 雷达。

154. 坦克。

155. 水雷。

156. 炸药包。

157. 子弹。

158. 子榴弹。

159. 手榴弹。

160. 照明弹。

161. 探照灯。

162. 高射炮。

163. 步枪。

164. 望远镜。

165. 军号。

166. 降落伞。

167. 降落伞。

168. 钢盔。

169. 推土机。

170. 玻璃。

171. 挖土机。

172. 压路机。

173. 搅拌机。

174. 灭火器。

175. 消防军。

176. 机器人。

177. 电子计算机。

178. 电视通迅卫星。

179. 宇宙飞船。

180. 点射。

181. 会师。

182. 史记。

183. 茅盾。

谜语故事

1. 童谣谜语

汉献帝时，由于奸臣董卓弄权，荒淫凶暴，百姓怨声载道。老百姓在忍无可忍的情况下，就以谜语方式的童谣对他进行声讨。于是流传下这一首童谣：

千里草，何青青，十日卜，不得生。

这首童谣蕴含一句话四个字。请问：是哪四个字？

2. 李白猜谜语

唐代大诗人李白，从小聪明过人。一天他在门前见一位老者，便叩问："尊翁高姓大名？"老者眯笑着说："老夫本姓'白玉无瑕'，名叫'半部春秋'。"李白拱手答道："小人知道了。"当即说了出来。老翁称赞不已。

请问：你说出这位老翁的姓名吗？

3. 李峤作诗谜

唐代诗人李峤善写诗谜，非常生动有趣。有一次，他与诗友结伴春游，写下这样一首诗谜：解落三秋叶，能开二月花，过江千里浪，入竹万竿斜。

诗友们听了，都拍手称好："不仅句句有声，而且还是一首有趣的诗谜呢!"

请问：这首诗是猜什么的?

4. 苏小妹再难秦少游

宋代苏东坡之妹苏小妹，是个很有才华的女子。自从花烛之夜三难新郎秦少游之后，猜谜语便成了夫妻的乐事。一天，苏小妹出了这个字谜让丈夫猜：

两日齐相投，四山环一周，两王住一国，一口吞四江。

秦少游虽是宋代著名词人，现在听了小妹的谜语，一时竟猜想不出来，便假装到院里思考，偷偷来向苏东坡请教。苏东坡得知他的来意后，便命家人送来一盘"西湖醋鱼"。苏东坡用筷子剪掉鱼头、尾，指着留下的部分说："此乃谜底也。"少游一看，恍然大悟，飞速回去找苏小妹……

请问：这去头去尾的鱼给秦少游什么启示呢

5. 程良规作诗谜

宋代有个叫程良规的文人，平时善于吟诗谜。有一次，他请朋友吃饭，席间他作了一首诗让朋友们猜：殷勤问竹箸，甘苦乐先尝，滋味他人好，乐空来去忙。

朋友们七嘴八舌地猜，但猜来猜去，谁也没猜对。

请问：你能猜出来吗？

6. 王安石会友猜谜

宋代大诗人王安石平时很喜欢猜、制谜语。一次，他和好友尹吉甫会面，喝茶，王安石出了一条谜语让尹吉甫猜：画时圆，写时方，冬时短，夏时长。

尹吉甫听罢，略加思索便已猜出。但他故意不说出谜底，也出了一个谜语让王安石猜：

东海有条鱼，无头也无尾，更无脊梁骨。

王安石一听，哈哈大笑，拍着尹吉甫的肩膀说："先生的文才不浅啊！"

请问：他们俩猜的是一个什么字？

7. 聪明的小童

有一次，王安石送来访的好友郭舍人回家，见天暗路黑，忙命小童去拿一样东西。小童问取什么，王安石随口吟道：一条白龙过长江，口含珍珠吐金光，珍珠要吃白龙肉，白龙要喝珍珠汤。

小童听罢，笑着问："老爷，您是不是让我取这件东西：

墙里开花墙外红，想去采花路不通，路通采花花要谢，一场欢喜一场空。"

郭舍人在一旁听他们一唱一和，不禁拍手叫好。

请问：王安石叫小童取什么东西呢？

8. 李清照猜谜语

南宋著名女词人李清照，一天和他丈夫赵明诚在家吟诗填词，门外进来一位朋友，说要借这样一件东西：我借你家一朵花，又能闭来又能发，不知花叶在何处，却见花根手中拿。

李清照听后，笑着随口回答：我去拿座亭，没有安门窗，水在亭上流，人在亭下走。

赵明诚听了妻子和朋友的对话，一时不明白，等李清照拿出来后，他才大笑起来。

请问：李清照借给朋友的是什么？

9. 苏轼的诗谜

宋朝时，大文学家苏轼，曾以诗谜来影射王安石的起落，诗曰：重重叠叠上瑶台，几度呼童扫不开，刚被太阳收拾去，又被明月送将来。

请问：你知道这首诗谜，是借什么来影射王安石的？

10. 王安石制谜

据传，宋朝宰相王安石，不仅喜欢而且善于制谜，有一天好友来访，正遇上王安石在制谜。

王安石说："我制一字谜，你来猜：一月一月又一月，两月共半边，上有可耕之田，下有长流之川，一家有六口，两口不团圆。"

好友正猜不出，书童手托茶盘说："请用茶。"好友顿时脱口而出："我猜出来了。"

请问：你知道他猜的是什么字吗？

11. 唐伯虎赠画

号称"江南第一风流才子"的唐伯虎，能诗善文，书画俱佳，尤以画著称于世。许多人苦心求画，总是经常抱憾而归。可是，有一天，唐伯虎把一幅画挂在杭州大街上。画面是一条全身上下满是黑毛的狗，旁边写着："此画系画谜。有买者，请付银三十两；猜中此谜者，分文不取，赠送此画。"

画一挂出，就引来许来人，大家都想凭自己的才智得到这幅画。可是，老半天，竟无一人猜中。这时，人群中走来一位书生，他二话没说，取下画就走。唐伯虎马上问："你要买这画吗？"书生摇摇头。"那你猜中这画谜吗？"书生微笑着点点头。"请你说出谜底"。书生仍是一声不响。

唐伯虎不再问，书生也走了。唐伯虎望着书生远去的背影，笑着告诉大家："他猜中了！"大家都愣着，不知怎么回事。

请问：你能说出这画的谜底吗？

12. 唐僧问姓

　　唐僧师徒四人去西天取经，途住一家旅店，店主迎出来请他们进店。唐僧合掌问："阿陀佗佛，请问施主尊姓大名？"店主微笑道：山中狮子牡丹花，蜂巢千子母当家，三位一体是我姓，众卿转拜享荣华。

　　八戒一听，不耐烦地叫着："这老儿真啰嗦，说的是什么呀？"悟空跳上前拉住八戒道："让俺老孙也难一难他。"于是，抓了一下腮帮，跳到店主面前："我也用谜语来猜你的姓好吗？"店主说："很好很好。"悟空念道：家有儿子兄弟仨，走失一人加竖画，三为一体紧相连，见了天子就叫它。

　　八戒把肚子一挺说："我也猜出来了，你们俩说的是一个姓。"

　　请问：八戒猜的是什么姓？

13. 猜谜吃杏

　　一年夏天，八位书生结伴进京赶考。由于天气炎热，正想找点水或水果来解渴。忽见一片杏林，就齐走过去。这时，从杏林里走出一位老农，他知道书生们的来意后，就说："我出个字谜给你们猜，猜中了，杏子任你们吃，我分文不要；要猜不出，就请回。"老人说：四个木字颠倒颠，四个人字紧相连，四个人字不相见，一个十字站中间。

八位书生你看我，我看你，谁也猜不出。一个牧童过来了，笑着说：上看像不，下看像不，不是不上，就是不下。

一个过路老汉也在旁边说：此物世上不算少，无人见了嫌我老，年纪活到八十八，还是人人离不了。

老农听了，连声赞道："妙！太妙了！"就对书生说："是你们没猜中，请你们回去吧！"说着，又请牧童和老汉吃杏。

请问：老农字谜的谜底是什么？

14. 秀才猜谜语

一个村庄里，住着姓赵、姓李的两个秀才。他们常常在一起谈论谜语。一天，他俩谈到了苏东坡和黄庭坚。赵秀才便先出了个谜：有风不动无风动，不动无风动有风，等到梧桐落叶时，主人送我入冷宫。

李秀才听了，笑着说："老兄，我也有个谜，你来猜：打开半个月亮，收起兜里可装，来时石榴开花，去时菊花怒放。"

老秀才笑了，说："我是苏东坡，你是黄庭坚，咱们都不说谜底，让苏小妹来猜吧！"

请问：如果你是苏小妹，你能猜中吗？

15. 秀才借衣

有个秀才，家里很穷，要去给岳母拜年，可连一件像样的衣服也没有，只好向邻居张二哥借。张二哥听了穷秀才的来意后，说："找你二嫂吧。"这时，张二嫂正好走来了，便接话说："正月无初一。"秀才听了，细心一想，说："原来二嫂说的是个字谜。"便高兴地跟着二嫂去拿衣服。

请问：张二嫂出的字谜谜底是什么？

16. 秀才考书僮

从前，有个秀才自以为了不起，处处想表现自己。一次，他到朋友家赴宴，主人让书僮在门口迎接他。见秀才来了，书僮礼貌地问："您贵姓？"秀才一看书僮，以为书僮不通文墨，便出了个谜语想难倒他：四面有山山不显，二日碰头头相连，居家共有十四口，两王横行在中原。

书僮略一想，便知道秀才姓什么，就出了个谜回敬秀才：一点一横长，口字在中央，大口张着嘴，小口里边藏。

秀才听了，猜了好久还没猜出来，只好面红耳赤地走进院里去。

请问：秀才和书僮各姓什么？

17. 他俩姓什么？

从前，有个老人去住旅店，店主热情而有礼貌地问："老人家，您贵姓？"老人风趣地回答道："一点"。接着，老人问店主："您贵姓？"店主也幽默地说："一边一点。"老人听了，哈哈大笑起来："原来我们是一家呀！"

请问：他们姓什么？

18. 厨师做"菜谜"

从前，有位姓张的厨师，不仅菜做得好，还精通诗词，他做出的每一道菜都能对出一句诗句来，因而远近驰名。一天，有位书生给厨师出了一道难题：用两个鸡蛋做一桌菜。过了一会儿，厨师便把菜一一端上桌来：

第一道菜是两个炖蛋黄，几根青菜丝。

第二道菜，把蛋白切成若干小块，排成一个队形，下面铺了一片青菜叶。

第三道菜，清炒一撮蛋白。

第四道菜，一碗清汤，上面浮着两个蛋壳。

书生见了，赞不绝口，佩服得五体投地。

请问：你能说出这四道菜代表哪四句古诗吗？

19. 过桥猜谜

有三位秀才结伴外出春游，路过一座长桥，秀才甲提议："桥这么长，咱们边走边猜谜语吧。"接着便出了个谜：走也是坐，立也是坐，坐也是坐，睡也是坐。

秀才甲说完，秀才乙接着说：坐也是躺，走也是躺，立也是躺，睡也是躺。

甲一听，说："好家伙，要吃我的谜！"

秀才丙一听，忙说："且慢，我也有谜：

立也是走，睡也是走，走也是走，坐也是走。"

请问：你能猜出三位秀才的谜底吗？

20. 小姑娘猜谜

有两个小姑娘，一个叫英姐，一个叫丽姑。一天，丽姑说："英姐，咱们猜个谜好吗？"英姐笑着说，我先出给你猜：光光亮，亮光光，文文静静坐桌上，一天三次去看它，瞧你漂亮不漂亮。

丽姑一听，仔细想了想说：你哭它也哭，你笑它也笑，对它说什么，它都不知道。

请问：英姐、丽姑的谜底是什么？

21. 小宝和妈妈猜谜

有个小孩叫小宝，人很聪明，喜欢看书、听故事，尤其是《三国演义》中的人物，他记得特别熟，经常和大人们一起谈论。小宝还有个特别的爱好，就是猜谜语。

一天，妈妈正在做饭，小宝出了个谜让妈妈猜：孔明借东风，周瑜用火攻，鲁肃哈哈笑，曹操怒气冲。

妈妈听了，略加思索，便指了指锅台："小宝，我猜对吗？"小宝高兴地跳起来，抱住妈妈的脖子亲了一口。

请问：小宝谜语的谜底是什么？

22. 父女猜谜

有一对孪生姐妹，非常喜欢成语。一天，父亲对她们说："我出谜来考考你们，看看你们记了多少成语。"旁边两个小弟弟见了，也吵着要来猜。父亲一把将两个小弟拉开，姐姐一见，脱口而出："两小无猜。"父亲指着墙上一张拔河的画，还没说话，妹妹开口了："齐心协力。"这时小弟又挤到桌旁，一急，弄倒了墨水瓶，把桌上的白纸都弄黑了。姐妹异口同声："一团漆黑。"妈妈这时坐在门边，一手拿针，一手拿线，眼睛注视着针眼。父亲指着妈妈的样子，要姐妹说出成语来。

请问：你能说出这个谜底吗？

23. 伏尔泰的一则趣谜

法国著名哲学家伏尔泰，生前给人们留下一则意味深长的趣谜，他告诉人们，世上有这样一种无形的东西：它是最长的又是最短的；它是最快的又是最慢的；它是最能分割的又是最广大的；它是最不受人重视的又最令人惋惜的。没它，什么事情都做不成。聪明者计划它，愚蠢者等待它，勤奋者珍惜它，懒惰者荒废它，有志者赢得它，无为者消磨它，戒骄者紧握它，自满者放弃它。

请问：你能猜出这个谜底吗？

24. 周恩来总理猜谜

据传，日本前首相田中角荣，首次到我国进行国事访问，曾出了一道谜语给周总理猜："贵国全国十二个，每人占一个，东洋西洋都没有，请问是什么？"

知识渊博、才思敏捷的周总理听后，便风趣地哈哈大笑、脱口说出了谜底。

请问：你知道周总理说出的谜底是什么吗？

25. 猜谜相亲

有一对男女青年，经介绍初次见面，男青年问女青年："贵姓？"女青年答："我姓一加一。"男青年笑着："咱俩都一样，只是上横翘，两头长，你问是啥姓，有它不缺粮。"接着，男青年又问："青春多少？""被4除余3，被6除余5，被8除余7。"男青年说："真巧，你乘10，我减7，刚好差你二百一。"说完，两人都会心地笑了起来。

请问：你们各姓什么，多大年纪？

26. 猜谜修改大门

东汉末年，文学家杨修在丞相曹操手下当主簿（一种官名）。有一天，他随同曹操去察看刚修好的花园，看完后，曹操在花园大门上写下"活"字，便二话没说，走了。工匠们个个你看看我，我看看你，谁也不知道曹丞相是什么意思，非常害怕。杨修见这种情景，就向工匠们讲了曹丞相的意见，要大家重修花园大门。工匠们还是不敢动手，杨修便解释了门上写"活"字的意思，大家才放心地把大门拆了重修。

请问：曹操在花园大门上写"活"字是什么意思？

27. 杨修分酥

有一天，曹操手下的侍卫送上来一盒酥饼，放在桌上让他吃。曹操见了，拿了一张纸条，写了"一合酥"，压在那盒酥饼上，走出了营房。

过了一会儿，杨修来到曹操的营房，看见了曹操桌上的那盒酥饼和曹操留下的纸条，就把这盒酥饼打开，当场要分给在场的人吃掉。大家谁也不敢吃，杨修说这是曹丞相的意见。大家听了杨修的解释，就高兴地吃了酥饼。

请问：杨修分了曹操的酥饼给大家吃，为什么还说是曹丞相的意见呢？

28. 谁给老虎解铃

古时候，南京有座清凉寺，里面众多和尚中，有一位叫泰钦的，非常聪颖、机敏，常常在关键时刻露他的本领，因而得到寺里主持的赏识，然而同时也遭到其他和尚的嫉妒。

有一天，主持和尚给众和尚讲课，提出一离奇的问题让大家解答："一只老虎，颈上系着一个铃铛，谁能解下来？"

众和尚个个愣住了，怎么也答不出来。有人提出："让泰钦来解答，要解答不出来，就让他出丑。"于是大家一齐推举泰钦来解答。主持和尚同意了。

泰钦来了，听了主持提出的问题，略一思索，便脱口说出了给老虎解铃的办法。众和尚见他轻易地解答了问题，才信服他的真才实学。

请问：泰钦是说用什么办法给老虎解铃的？

29. 数洞

有个孩子非常聪明又调皮，三个月里一连穿破三双袜子。第一双穿破了一个洞，第二双穿破了两个洞，第三双穿破了三个洞。妈妈除了教育他穿东西要谨慎、爱惜之外，告诉孩子："你能说出这三双袜子一共有几个洞，我才再买新的给你。"结果，孩子说出了答案，妈妈笑了，带他到市场买新袜子。

请问：这三双袜子到底有几个洞？

30. 猜谜除害

传说，在古代的埃及，有个狮身人面的怪物，名叫斯芬克斯。它每天拦在一条人们必经的大路上，要人们跟它猜谜语，猜对了让人走过去，猜错了就把人吃掉。它出的谜语太难了，好多过路的人没猜出来，结果丢了性命。斯芬克斯成了当地一害。人们非常痛恨又非常害怕它，可谁也没办法对付它。

一天，有个名叫俄狄浦斯的勇士，他是听了人们的介绍后，决心要来为民除害的。俄狄浦斯手提宝剑，威武雄壮地来到斯芬克斯的面前，厉声说："快把你的谜语讲出来吧！"

怪物睁着血红的眼睛说："小时候四条腿，长大两条腿，到老了变成三条腿，这是什么动物?"说着，恶狠狠地瞪着勇士。

没想到，聪明的勇士听后，豪爽地哈哈大笑起来，讲出了谜底。只听"轰"的一声巨响，怪物斯芬克斯变成了一尊石像。吃人的怪物就这样被俄荻浦斯除掉了。

请问：俄荻浦斯猜出什么动物呢?

31. 三兄弟求学

古时候，有王家兄弟三人在村里读书。后来听说县城来了一位知识渊博的先生，便一齐前往求学。

先生说："我学生不能收得太多。我先考你们，谁答出来就留下来。"说着，拿出三张纸，分别写上："一女牵牛过独桥，夕阳落在方井上。"就递给三兄弟，一句话也没说。

三兄弟不知道先生要考什么。老大灵机一动，便以两句话为题，写了一篇文章。老二眉头一皱，以两句话为上联，对出了下联。老三五文呢，坐了半天，笔动也没动一下。等先生收卷的时候，才在纸上写上"五文"。

先生看了三人的答案，说："老三留下来，老大老二请回吧!"

请问：先生为什么收下老三做学生呢?

32. 和尚骨与东坡尸

宋代文学家苏东坡与当时名僧佛印和尚两人是知交多年的至友，他们常常在一起游山玩水，吟诗作词。一天傍晚，他们又来到长江上泛舟。忽然，苏东坡用手往左岸一指，又指指佛印和尚，意味深长地微笑着，不言不语。佛印和尚就势望去，只见岸上一条黄狗正啃着一块骨头。佛印和尚顿有所悟，不慌不忙地将手中那把写有苏东坡诗句的蒲扇抛入水中。接着，两人四目对视，片刻就哈哈大笑起来——原来，俩人这是在对一副哑谜联。

请问：你知道苏东坡与佛印的哑谜联是什么吗？

33. 吕蒙正的谜联

北宋丞相吕蒙正，自小父母双亡，生活无靠，日子过得十分艰难。他向邻居、朋友求助，大家却不肯救济。到过年了，家里一贫如洗，看着人家热热闹闹过年的样子，一气之下，贴出一幅对联：

上联：二三四五，

下联：六七八九。

横披：南北。

过往行人看见了，都感到奇怪。过了一阵子，有个好心的人终于顿悟过来，推门走进吕蒙正家里，拿出许多钱资助了他。

请问：吕蒙正的对联谜底是什么意思？

34. 父子当龟

清朝时，有一达官自恃父子都是状元出身，有权有势，便目空一切，自大骄横，春节时，竟在大门上贴出一副对联：

诗第一，书第一，诗书第一；

父状元，子状元，父子状元。

当时才子宋湘恰巧路过，一读对联，深深不满这种人的狂妄，便决定捉弄他一番。正好，那达官家对门有一间药店，于是他进店与店老板商量一阵，为药店题写一副谜联讽刺那官家：生地一，熟地一，生熟地一；附当归，子当归，附子当归。

过往人们顿时围观上来，个个拍手称快。

请问：宋湘的谜联是怎么讽刺那大官的吗？

35. 王勃猜谜

在我国唐代初期，有位青年诗人王勃，聪颖绝伦，多才多艺。据传他六岁时就能诗善画，而且爱猜谜语。

一年隆冬，天降大雪。王勃的一位叔叔在指导他作完画后，叔侄一起围坐炉边取暖。王勃说："叔叔，您出个谜给我猜吧。"叔叔望着窗外纷飞的雪花，沉思片刻，吟道：此花自古无人栽，每逢隆冬自动开，无根无叶真奇怪，春风一吹回天外。

王勃一听，眼睛一眨，没有马上说谜底，而是同样吟道：只织白布不纺纱，铺天盖地压庄稼，鸡在上面画竹叶，狗在上面印梅花。

说罢，叔侄俩相对而笑了起来。

请问：他们叔侄俩人谜的谜底是什么？

36. 孔子买袍

有一天，孔子与几个学生上街，路过一家服装店铺，见一件长袍很合意，便叫学生子路、颜回去买。到了店里，子路开口问："这件长袍卖多少钱？"那店主朝子路、颜回打量了一下，便先用一个指头朝天一指，再把手里汗巾往嘴里一含。颜回一看，这是一个哑谜，便按谜底意思付了钱，拿起长袍要走。子路急忙拉住颜回道："店主还未出价，你怎么便付钱取货？"颜回笑着说出店主哑谜谜底，子路这才恍然大悟，跟着颜回走了。

请问：你知道店主哑谜的谜底是什么吗？

37. 圆周率之歌

从前，有个老和尚和小和尚打赌，老和尚告诉小和尚："如果你能把圆周率小数点后的数背出二十位以上，我输给你一壶酒。否则，你要输我一壶酒。"小和尚满口答应下来："给我一个晚上的时间，明早我来背。"

第二天，小和尚来到老和尚房间，一口气把圆周率小数点后的数背了二十多位：

"3.141592653589793238 4626……"赢了老和尚一壶美酒。老和尚笑着问小和尚："你是用什么法子背下来的？"小和尚笑着讲出了方法，老和尚顿时竖起大拇指连连称赞："妙！妙！"

请问：你知道小和尚用的是什么方法吗？

38. 李时珍问题

明代医学家李时珍为了编修《本草纲目》，历尽千辛万苦，足迹遍及大江南北。一天，他听说四川乐山有一位隐士，精通医学，便决定上门前去请教。他走啊走，翻过一座座山，来到一个道口，只见路分成左、中、右三条。怎么走呢？正在为难之时，来了一个书僮。李时珍赶急上前探门。书僮看了他一眼，一声不吭，顺手从地上捡起一支树枝，在上写了个"主"字，转身就走了。

李时珍起初感到奇怪。沉思一会，忽然用右手拍了一下大腿："对，就走左边这条路！"

请问：李时珍从书僮的"主"字受到什么启发？

39. 苏东坡谜联骂和尚

一天，宋代大文学家路过一座寺庙，看见庙门口跪着一个小和尚，两眼泪汪汪，再仔细一看，脸上身上还有伤痕。苏东坡一打听，原来是小和尚不小心弄坏杯盘而受处罚的。苏东坡心想：出家人慈悲为本，怎能这样对待小和尚？于是，走进寺庙去见方丈。

方丈听说大文学家苏东坡来游，很是高兴，心想：苏学士名冠天下，如能请他留下字迹，便能使寺庙增添光彩。于是，方丈百般殷勤地接待苏东坡，央求给寺庙题联。苏东坡虽然讨厌那方丈的嘴脸，但一想到小和尚还跪着，便说："要题联可以，但须是跪在门外的小和尚来磨墨、展纸方可动笔。方丈满口允诺。只见苏东坡写下一联："一夕北身人归去，千八凡夫一点无。"

老和尚看后，还以为苏学士赞誉自己德高望重，十分得意，忙命人把联悬挂庙门，以炫耀自己。

过了不久，苏东坡好友佛印和尚云游到这寺庙，一看对联，禁不住哈哈大笑起来。方丈被佛印笑得丈二金刚摸不着头脑，还一个劲地夸着："此乃当代名士苏东坡真迹也！"佛印笑道："这是两个字谜！"老和尚追问是什么字谜。佛印道："恕不便直说，请拿纸笔来。"于是，佛印便写下两个大字，扬长而去。那方丈老和尚一看，差一点晕倒。

请问：苏东坡这副对联的谜底是什么？

40. 绑老虎

在一个村子里，有个8岁的小男孩，非常聪明，村里的人遇到什么难题，都去向他请教。

地主听说这事，感到很不服气，心想：一个穷苦农民的孩子怎会如此聪明呢？便命令仆人："去，把那小孩给我带来，看看他有多大的能耐！"

消息一传开，村里的人都来到地主家，看地主是怎样考这孩子的。

地主把小孩带到一个画有老虎的屏风前，用手指着老虎说："看见这只老虎了吗？"

"看见了。"小孩平静地回答。

"那你就把这只老虎绑起来吧！"

村民们都很愤愤不平，说地主太卑鄙了，竟这样戏弄孩子；同时，也为小孩着急。

"我没有绳子，怎么绑老虎呢？"小孩从容不迫地说。地主赶紧让手下取来一条麻绳，交给了小孩，暗自得意：这回看你出丑！

那小孩一把接过绳子，默默地走到大门口，然后微笑着对地主说了一句话。那地主一时间不知如何是好，羞得脸红耳赤。村民们大声哄笑了起来，一齐拥着小孩离开了地主家。

请问：小孩对地主说了句什么话呢？

41. 蜡烛该放哪里

从前，有个国王，治理国家很有办法。他用人唯贤，谁有本事就重用谁。

有一天，国王把大臣们叫到自己的面前，出了这样一个题目：一间屋子里有十个人，现在要在屋子里点燃一支蜡烛，把这支蜡烛放在什么地方，才能使屋子里的九个人都看得见，而只有一个人看不见？当然，这个人不是瞎子，也没有被人遮住视线。

　　大臣们谁也没答上来，国王大怒：这么简单的题都答不出来，你们的智力也太差了，怎么还能当大臣？

　　结果，大臣们都被革了职。

　　请问：你能答出这道题吗？

42. 比画

　　从前有个叫章目的人，拜了一位老画家为师学习作画。几年后，章目不但学会作画，而且名气很大。他不再把老师放在眼里，提出要和老师比画。老师说："比画可以，但画好的画必须用一条毛巾盖住，再请众人来评判。"

　　章目同意了。师生二人各自挥笔作画。

　　画作好后，师生二人按讲好的条件，将各自的画摆到大厅里，随后又派人请来众人评判。

　　章目先将盖在自己画上的毛巾揭去，立刻博得一片赞叹。他画的牡丹栩栩如生，娇艳欲滴，和真的一样。章目得意地对老师说："现在该看你的了。"说完便伸手去揭老师画上的那条毛巾。

　　突然，章目的手好像被刺了一下，急忙缩回来，随后马上拜倒在老师脚下，连声说："还是老师画得好。"

　　请问：老师画的什么使骄傲的弟子心服口服，是为什么？

43. 金字塔的高度

在距今2500年以前的希腊，有一位伟大的科学家，叫塔列斯。他对数学、天文学、哲学、文学都有研究。

有一天，当时的希腊国王阿马西斯对他说："塔列斯先生，听说你无所不知，无所不会。那就请你测量一下埃及大金字塔的高度吧！"

金字塔是古埃及国王死后建的坟墓，在埃及的沙漠里有很多金字塔。其中最高最大的要数"大金字塔"了。大金字塔是古埃及国王胡夫的坟墓。

测量大金字塔的高度，在当时条件下，是个大难题。金字塔是很难爬到顶的，就是爬上塔顶，也没办法测量它的高度。这可把塔列斯难住了。可是当他仔细思考后，终于想出一个办法来。

在一个大晴天，塔列斯来到大金字塔旁，在沙地上立起一根棍子。在太阳照射下，棍子把影子留在地上。当棍子和它的影子一般长时，塔列斯就把大金字塔的高度测量出来了。

请问：你能猜出塔列斯是用什么办法测量塔的高度的？

44. 奇特的招牌

　　从前，有个人开设了一家酒店，酒店门口挂着一个奇特的招牌，上面写着：月挂半边天，嫦娥伴子眠，酉时天下雨，读书不必言。

　　招牌挂出以后，生意特别兴隆，顾客来来往往不断。

　　请问：这牌子说的是什么意思？

45. 脸谱与钱

　　古时候，有个人在闹市里摆了一猜谜摊。他用竹竿在摊子一头儿挂个玩具脸谱，而在另一头儿用竹竿吊着一千文钱，还在脸谱与钱之间悬挂了一幅横额，上面写道："以此两物为谜面，打一句话，中者即以一千文钱相赠。"

　　这个谜语，引起了观众们浓厚的兴趣，纷纷猜测，但都没有猜中。就在这时，忽然来了个官府里当差的人，他推开围观的人群，上前拿起一千文钱就走了，而出谜者只是笑了笑就完事了。大家都很奇怪，问出谜的人："他并没有猜谜，为什么让他把钱取跑了？"出谜的人却说："他已猜中了。"

　　请问：这个谜语的谜底是什么？

46. 解缙智斗财主

明代文学家解缙，出身贫寒，但是由于他勤奋好学，少年时即聪明无比，很有名气。

乡里有个姓曹的财主，嫉妒解缙的才华，便想个机会难难他。一天，曹财主在路上碰到解缙，便拦住他，皮笑肉不笑地说："人们都说你们家里很穷。我嘛，有心救济你。现在请你当着我和周围的人说说，你的父母是干什么营生的？"

解缙见这财主存心想难为他，他想借这个机会压压这个财主的气焰，当即毫不犹豫地答道："父亲肩担日月街前卖，母亲手撒金珠坊内转。"说完，哈哈大笑，把曹财主羞得面红耳赤。从此以后，曹财主再也不敢小看解缙，解缙名气更大了。

请问：解缙的父母各干什么营生？

47. 刘局长捉贼

某市公安局刘局长，为了他人的安乐和幸福，很少在节假日休息过。这个星期天，他好不容易抽出一点儿时间，带着他五岁的小孙儿凡凡到西湖公园去玩。

西湖公园花木繁茂。刘局长爷孙俩慢步来到公园影剧院门口。

凡凡指着前面的电影《东陵大盗》宣传画，对爷爷喊了一句。凡凡的话音还没落，他们身旁一个拎手提包的青年人，脸色一下子变白了，呆呆的看着刘局长愣了片刻，就忽忽拔腿跑了。

也许是出于职业上的本能吧，拎包人反常举动，马上引起了刘局长的注意，他立即上前叫住了拎包人，那人见有人问他，神色更慌张了。刘局长见他神色十分可疑，就把他带到了公园保卫科。经过进一步追查，终于查明这是一个盗卖国家文物的罪犯，提包里正装有几件偷来的文物，在这里等早已约定好的买主。

请问：当时凡凡喊了一句什么话？

48. 离奇的中弹

著名运动员丹尼，有一天，有人发现他在自家的花园中让人给枪杀了。使警方十分奇怪的，就是丹尼中弹的情况十分古怪，子弹是由他肚子上打入，却在肩膀上射出。

后来，警方终于捉住了凶手，他叫寇克，是一名职业杀手。根据他的坦白，他是受另外一个国家的官员的雇用。杀害丹尼，是因为害怕他在奥运会中夺得金牌。寇克又承认，他是在三楼处向在草地中的丹尼开枪，而且是一枪打中。

请问：丹尼中弹为什么这样离奇呢？

49. 谁偷了西瓜

古时候，有个年轻貌美的妇女抱着孩子回娘家，她路过财主家的瓜地时，财主家的少爷见了起了坏主意，他叫狗腿子摘了三个西瓜放在路边，当少妇过来时，财主的少爷拦住了少妇，一口咬定她偷了西瓜。少妇大喊冤枉。少爷指着西瓜说："赃物俱在，你还想抵赖！"说完，叫狗腿子抢她回家。少妇又哭又喊，正巧张飞骑马经过这里。张飞是三国时蜀国的大将，这时正要去一个县府任职。他问明情况，把少妇和少爷叫到了衙门，张飞亲自审问。少爷说少妇偷了西瓜，少妇说自己没偷。从没断过案的张飞急得抓耳挠腮，满头大汗。突然，他想出个好主意。一会儿，那个少爷跪在地上连连求饶，说自己诬陷好人。张飞命令士兵打了恶少爷三十大板。群众都夸赞张飞断案英明。

请问：张飞是怎样查明案情的？

50. 地下党以谜传信息

1933年，红四方面军由湖北入川，吓得四川军阀坐卧不安。他们威胁利诱，造谣惑众，妄图把大巴山区的老百姓都赶走，给红军留下一个空山幽谷，动弹不得。那些被骗被逼的山民一家家，一户户扶老携幼，踏上崎岖的山路，向南离去。我地下党老刘见此情景，好不着急，悄悄劝说吧，怕大家不听；公开宣传吧，又到处是特务密探。怎么办呢？这天晚上，老刘终于想出了一条妙计。

第二天，逃难的人流中出现了一位道士，身穿道袍，脚蹬草鞋，不慌不忙，摊着双手，嘴里"莫名其妙"地不停念道："手烂不算烂，桃烂才是烂。"人们惊恐地看着他，只见他左手血糊，涂着药末；右手掌摊着一个烂桃子，嘴里不停地念着那句话。一霎时，大树下围了一圈人，都觉得奇怪，纷纷询问这话是什么意思。那道士双眼半闭，不断念念有词，并不回答。这时，一位老私塾先生神秘地和一个老头悄悄地说："嘿，这可是天机呀，懂吗？"'手烂不算烂'，就是说守住家园不会遭难的，不要听煽动，听恫吓，要稳住心，守住家园，方能免遭劫难。"旁边几个老头听到这么一说，马上凑拢就问"那'桃烂才是烂'呢？""嗨呀，这还不明白吗？"私塾先生听到这么一问，马上作了解释。"对！对！有理！"老头们猛然醒悟过来。于是，一传十，十传百，逃难的人流慢慢的缩了回去，大家都转身朝家里走。因此，敌人妄图孤立红军的阴谋终未能得逞。

请问：你能猜出私塾先生是怎么解释道人的话的含意的？

51. 郑成功哑谜招贤

相传郑成功在厦门募兵兴义时，想出一个办法，他吩咐手下的亲兵在招贤馆门前摆出一张台子，旁边高挂一幅"招用志士"的标语。台上分别放有一个盛满清水的玻璃盆，一盏未点燃的油灯，并散置着火石、火刀、火绳等几样物品。

当时引动着数百名百姓前来围观，但这个闷葫芦使看热闹的人们都感到新奇。这样的摆设是什么意思？与招用志士有什么关系？一连三天，还没有人猜中。到了第四天，来了一位浓眉大眼、虎背熊腰的黑汉。只见他雄赳赳大步跨到台前，用眼扫视了台上的东西之后，就伸手将那盆清水泼翻在地，接着拿起火石火刀燃着火绳，然后从容不迫地将油灯点亮，守在两旁的卫兵看得清楚，急忙入内向郑成功禀报。郑成功满心欢喜，连说："快请这位壮士进来相见。"

请问：黑汉是怎样猜中郑成功的哑谜的？

52. 郑板桥猜谜破案

郑板桥在山东潍县当知县时，曾遇到这样一个案子：

商人李乙带了一百两银子搭麻三的船去外地贩货，不料半夜发觉银两不翼而飞。由于船未曾靠过岸，李乙便认定是麻三所偷，但麻三死不承认。天一亮李乙就扯住麻三吵吵嚷嚷地上岸打官司。知县郑板桥曾闻麻三有偷鸡摸狗的前科，听了李乙的申诉，心中已知大半，便一拍惊堂木，要麻三从实招来。但麻三仍矢口否认。捉贼须捉赃，郑板桥即派差役上船搜赃，岂料一无所获。赃物藏匿何处？郑板桥一时感到棘手。

正在犯难之际，忽有一位秀才模样的人上堂呈献一幅国画，请郑板桥指正，并称："不才昨晚赏景，兴来涂鸦一幅，供大人使用，不知能否解燃眉之急？"来人话中有话，郑板桥忙打开画细看起来。只见一画上除了一株被大风刮得摇摇欲倒的树外，别无他物，郑板桥初觉纳闷，继而一想，脸上露出微笑。原来，此画是助他破案呢！在画的启发下，郑板桥很快查出赃物，使麻三哑口无言，乖乖服罪。

请问：秀才的画是如何启示郑板桥的？

53. 包公巧断案

　　从前，某乡一财主，有一子名薛补成，六七岁时，家人就把他送进学堂攻读。由于他整天不务正业，虽说在学堂里混了十多个年头，但是文法一窍不通，成了远近有名的浪荡公子。

　　一次，他到邻村闲逛，看中了王老五的闺女秀娟。回来后就托亲找友，硬要人家给他提亲。几次不成，他便依仗父亲有钱有势，和家人定下日子抢亲过门，但作贼心虚，又怕乡邻说闲话，就暗自单方写了个婚约：

　　薛补成娶王秀娟为妻不能毁约理所当然立此为证。

　　他在抢亲那天当众宣读："薛补成娶王秀娟为妻，不能毁约，理所当然，立此为证。"以此表明他是明媒正娶。这一来王老五父女遭了劫难，呼天喊地，没甚办法，众乡邻又无可奈何。

　　正在这危难之际，包丞相私访民情路经这里。听到混乱之声便命随从上前问询。随从禀报后，包丞相走到近前。见到此情此景，心中早已明白了八分。于是把薛补成和王老五父女召到跟前，并让众乡邻席地而坐一起听审。包丞相又问道："大胆奸民薛补成，你还强词夺理？"接着，包公把薛补成的婚约内容重新念了一遍。薛补成听后哑口无言，只是叩头求饶，王家父女听了谢恩施礼；众乡邻听后惊喜地称赞道："真不愧替百姓办事的包青天，一个标点符号断明了此案，神哪！"

　　请问：包公是怎样念婚约的？

54. 张飞解哑谜

刘备三请诸葛亮的时候，诸葛亮感于刘备的诚心诚意，答应出山，但又提出打哑谜，刘关二人不敢应答。三弟张飞怪眼圆睁吼道："这有何难，待我去对付这牛鼻子老道。"孔明用手指天，张飞则用手指地。孔明伸出一指，张飞白了孔明一眼，用劲伸出三指。孔明伸出三指，张飞急忙伸出九指。诸葛亮满意地点点头说："马上出山。"刘、关二兄弟想不到三弟竟有如此本领，甚是高兴。

事后，刘、关二兄问三弟："你们对的什么哑谜？"张飞说："他指天，是说天上雪大。我指地，是说地上路滑。他伸出一指是问我们初到寒舍吗？我怪他不知情意，伸出三指答道已是三顾茅庐。他伸出三指，意思是留我们吃饭，三人三张饼，我急忙伸出九指说，三人九张饼，这个人非常小气，在胸前划圈，说他家饼大，我指袖口赌气地说，剩下带走。"刘、关两兄听后称赞三弟真行。

后来，孔明做了军师，刘、关又对孔明提起此事，孔明把当时出的哑谜底以及如何理解张的回答做了说明。刘、关二人哈哈大笑："原来三弟是这般学识啊？！"

请问：孔明是怎样说明自己哑谜底和张飞的回答的？

55. 祝枝山评文

相传，有个县太爷把祝枝山请到县衙，拿出他儿子写的一篇文章让祝枝山看，硬要他给题词。祝枝山难以推辞，就草草看了一遍，提笔写了两句唐诗："两个黄鹂鸣翠柳，一行白鹭上青天。"旁边还注了一行小字："打两个成语。"

县令的侍从们看了，七嘴八舌地恭维说："上一句是'有声有色'，指公子文章写得好；下一句是'青云直上'，指公子前程无量。"县太爷听后非常高兴，忙问祝枝山对不对，祝枝山一阵大笑："谜底我已写在令郎大作的右下角了。"说罢，扬长而去。

县太爷赶忙仔细寻找，终于在文章右下角看到八个蝇头小字，气得他半晌说不出话来。

请问：祝枝山的谜底是什么？

56. 秀才吟诗点佳肴

从前，微州城内有家酒店。因店小二生得聪明伶俐，讨人喜爱，所以生意十分兴隆。

一天杭州来了三位秀才，闻知此事，慕名赶来，想当场一试。几位秀才走进店堂，坐定之后，店小二早已手捧菜单在一旁侍候。

三位秀才接过菜单，却不点菜，而是相视一笑，竟吟起诗来。第一位吟道：八个兄弟扛面鼓，扛到城里见岳母，岳母说我兄弟多，后面两个没算数。"

第二个吟道：乌石起厝，簸箕堵门，要开就开，不开打你的后门。

第三位吟道：头戴尖尖帽，手执两把矛，汤朝皇帝下圣旨，赐宅一件大红袍。

店小二略一沉思，说了声："诸位公子，请稍等候。"少顷，从后堂端出三盘热气腾腾的美味佳肴。三位秀才一见，不得不佩服这位店小二聪明过人。

请问：这三位秀才分别点的是什么菜？

57. 郭沫若解古谜

凡是游过泰山的人，无不被泰山上的无数石刻所吸引，凡是欣赏石刻的人也无不为"二"两字所注目。因为众多的石刻都是在赞美着泰山风光景致，而"二"是什么意思，却令人糊涂。

1953年，一群日本学者到泰山旅游，也不明白这两个字是什么意思，问中国陪同人员，亦迷而不解。后来，陪同人员回到北京，特去请教郭沫若先生。郭老沉思了片刻，在"山"两个字上各添了两笔成了"风（风），月"二字，来人仍不明白，郭老便做了解释，来人顿时叹服郭老的才干。

请问：郭老是怎样解释古谜谜底的？

58. 辛弃疾猜谜拜师

南宋绍兴二十年（1150年），年方十岁的辛弃疾已是一个文思如星珠串天，处处耀眼的诗人。

寒冬的一个黎明，辛弃疾捧着诗卷正要吟诵，忽见不远处梅树下，有位鹤发童颜的老者正在练武。见他动如风，站如钉；如鸢飞，如鸟落。辛弃疾越看越入神，扑通一声跪在老者面前，要求学习武艺，以保祖国。

老人见辛弃疾满脸虔诚，笑着说："看你手不释卷，一定读了不少名篇佳句！"说罢，挥手指着傲雪斗霜的寒梅，令其背一首诗。辛弃疾举目思忖，吟了北宋诗人王淇的七绝《梅》："不受尘埃半点侵，竹篱茅舍自甘心，只因误识林和靖，惹得诗人说到今。"老人连连称好，答应教他武艺。辛弃疾一听，乐得直跳，忙问先该学什么？老武师避而不答，只是说："老夫和王淇一首，听后你就知道。"说罢口占四句：不受脂粉半点侵，穿麻吞石自甘心。只因误入少林寺，惹得拳头捶到今。

聪明的辛弃疾听罢连声称是，从此自找苦吃，锤炼筋骨，终于练得体魄强壮，一人敌百。后来，在老武师的精心指教下，辛弃疾学得十八般武艺，成了一名文武双全的抗金将领。

请问：老者诗谜是告诉辛弃疾要怎样做的？

59. 郑板桥以谜戏盐商

相传，江苏扬州有个盐商，此人为富不仁，经常仗势欺人。这年适逢盐商六十大寿，这个不通文墨而极喜附庸风雅的盐商，托人重金央求郑板桥为他写幅字祝寿。郑板桥早闻其人猥琐龌龊，本不愿写。可他转念一想，何不借此机会将盐商戏弄一番？因此，他便挥毫写了十六字的长幅：图君之像，写君之灵。禽中之凤，兽中之麟。

长幅出语不凡，盐商看了自然满意，并命人在寿诞之日，将其高挂于寿堂，以示风雅。席间，正当众人都夸这条长幅时，其中一文人却对大家说："这长幅内藏有他意"。众人再细看时，一个个笑得前仰后合。

请问：郑板桥的诗谜底是怎样戏弄盐商的？

60. 郭沫若的空信谜

1963年，山东郓城县城关医院改建时，特地给我国文学大师郭沫若去了一封信，内容是恳求大师为医院题写院名。不久，医院就收到了大师的回信，院里人员奔走相告，争相传递，当人们怀着无比激动的心情将信封拆开，在场的人都不禁为之一愣，原来信封内容空空如也，这到底是怎么回事？人们为此议论纷纷，猜测不一。

有人认为大师可能在百忙之中，一时疏忽，将题名及回信忘了装入信封内；也有人认为大师将题名写好后，托工作人员代发，空信原因是工作人员疏忽所致；甚至还有建议是否去信查询一下空信的原因。但有一点意见是相同的：就是大师尽管工作忙，时间紧，但绝不会对所求题字之事置之不理。

正当大家对这封空信之谜疑惑不解之时，其中一人拿着这个信封经过仔细瞧瞧之后，看出了其中的奥妙；他讲出了自己的见解，这才使人们解开了这封空信之谜。

请问：当时，这人是怎样解开郭老空信谜的？

61. 苏东坡制谜讨茶

苏东坡是宋代大文学家。他不但文章写得好，对谜语也很精通。有一次，苏东坡带着侍女去游春。走到郦山脚下，这时天热口渴，已行走不动。就找了一块石头坐下。抬头看见半山腰有一座他经常往来的寺院。急忙叫过侍女让她头戴草帽，脚穿木屐，到寺院去取一件东西。侍女不知去取什么东西，问苏东坡，苏东坡没有回答。僧人见来的人是苏东坡的侍女，问她来做什么？侍女说是苏东坡要她头戴草帽脚穿木屐，前来取一件东西。这个僧人思考了一会，便让侍女将这件要取的物件，带了回去。苏东坡一看，非常高兴地说："对了！"

请问：你知道这里的谜底吗？"

62. 祝枝山会友赏花猜谜

有一年，正当牡丹盛开时，祝枝山请了许多好友前来赏花，并要求大家从各色牡丹中评选出最好的一种。一时间，有的说红的，有的说紫的，有的说白的……。只有唐伯虎在花丛中默默赏花，于是大家就请他发表看法。唐伯虎微微一笑说："百无一是。"大家一听，觉得唐伯虎出言有些傲慢，但祝枝山听了却赞叹道："高见，高见！花中自无一是。"

请问：你能知道这个谜底吗？"

63. 徐文长巧对谜

明朝时，每年春节到来，杭州西湖边，总要举行灯谜会。有一年春节，徐文长正巧路过杭州，他见总宜园门口挤着一群人，正在猜一副对联。谁也对不出下联来。徐文长上前一看只见上联写着："白蛇过江，头顶一轮红日。"旁边写着："打一物，并用一谜语对下联。"

徐文长也感到有些为难。忽然，他见到园门口墙上挂着一个物件，便灵机一动，对道："乌龙上壁，身披万点金星。"

请问：你知道谜底吗？

64. 理发师猜谜骂县官

清朝有个县官，贪婪成性搜刮民财。有一天，这个县官去理发。理完发，起身就走。理发师见这位县官理完发，扬长而去，忙走上前说道："老爷，您先别走，我送您一样东西，请您带回去挂上。"县官一听，心想，我理了发，他不要钱，还送我东西，那太好了！于是就站着脚不走了。理发师傅从后边捧着一块匾，匾上写着："天高三尺"四个大字。县官认为是理发师对他的恭维，便得意地让随从带着匾回衙去。

回到衙门，县官兴高采烈地把匾挂起来。县官老婆看了说了几句话，顿时使县官火冒三丈，对衙役喊道："摘掉它！摘掉它！"

请问：你知道这四个字的含意吗？

65. 乾隆出谜考大臣

清朝的乾隆皇帝是一位知识渊博的皇帝。有一次，他出了一条有趣的词谜考纪晓岚：

下珠帘焚香去卜卦，

问苍天，

侬的人儿落在谁家？

恨王郎全无一点真心话。

欲罢不能罢，

吾把口来压！

论文字交情不差，

染成皂难讲一句清白话。

分明一对好鸳鸯却被刀割下。

抛得奴力尽手又乏。

细思量口与心俱是假。

乾隆说完，笑着问大臣纪晓岚："你可知道这首词的谜底是什么？"

纪晓岚沉思片刻答道：这首词谜，表面上看是一首女子的绝情词，它的每一句都含有一个数字。"还未等纪晓岚说出这些数字，乾隆皇帝就紧接着说："真乃聪明的奇才，奇才也！"

请问：你知道这词谜的谜底吗？

66. 谜友猜谜取乐

有两个爱猜谜的人，一个姓张，一个姓王。一天姓张的说："今天我出个谜语，请王老弟猜一猜：

有朵花儿不常开，

半截纸来半截柴，

三春它在柜中放，

盛夏无风手中栽。"

姓王的听了微笑说："张兄，我也出个谜请你猜一猜：

姑娘骨瘦个子高，

模样长得怪俊俏，

你要说声三伏到，

她就向你把头摇。"

姓王的说完，两人相视哈哈大笑起来。

请问：你知道这两个谜语的谜底吗？

67. 姐妹巧猜字谜

有一天，妹妹小英对姐姐小花说："我出个字谜请你猜猜：

大有，小无；

天有，地无；

夫有，妇无；

犬有，猫无。"

姐姐想想说出又一个谜：

今有，昨无，

冷有，热无，

众有，群无，

余有，剩无，

妹妹一听，高兴地说："你猜对了！"

请问：你知道这是个什么字吗？

68. 华侨观光说谜

有位老华侨，回国观光旅游，所到之处，看到祖国大地一派欣欣向荣，感到非常自豪，回到家中，他的朋友问他到过哪些城市，他风趣地说道：

久雨初晴，

冰雪消融，

船出长江口。

风平浪静，

四季花开，

海上有绿洲。

八月飘香香满园，

春城无处不飞花，

真是一路平安，

双喜临门！

华侨说完诗，笑着告诉人们："我的每一句中，都含有一个地名；十句诗就是我到过的十个城市。"

请问：你知道这是哪十个城市吗？

69. 小彭湃巧猜谜语

革命先烈彭湃，小时候就很爱动脑筋思考问题。

有一天，小彭湃正在教室埋头复习功课，忽然跑来几个同学，他们一进教室就议论起一条字谜，彭湃就问到："什么谜，这么难猜？"有个同学抢着说："文言二十句。打一字。"

小彭湃一听，略加思索，很快就猜出来，同学们都恍然大悟。

请问：你知道这个字谜的谜底吗？

70. 农友与谜友猜谜

有一次，农民对谜友说：

半边真鲜，

半边真毛，

半边腥气，

半边味臊，

半边山上吃青草，

半边河里去逍遥。

谜友见了这位农民有这样高雅的兴致，非常高兴，便也出了个字谜让他猜：

半边发绿，

半边发红，

半边喜雨，

半边喜风，

喜风的怕雨，

喜雨的怕风。

这位农民一听，哈哈大笑，说出了谜底。

请问：你能猜出农民和谜友的谜底各是什么吗？

谜　底

1. 董卓当死。

2. 皇秦。

3. 风。

4. 田。

5. 筷子。

6. 日。

7. 灯笼。

8. 伞。

9. 花影。

10. 用。

11. 默。

12. 王。

13. 米。

14. 折扇。

15. 肯。

16. 秀才姓田、书僮姓高。

17. 卜。

18. 四道菜对杜甫的一首七言绝句：两个黄鹂鸣翠柳，一行白鹭上青天。窗含西岭千秋雪，门泊东吴万里船。

19. 青蛙、蛇、鱼。

20. 镜子。

21. 蒸馒头。

22. 望眼欲穿。

23. 时间。

24. 十二生肖。

25. 女姓王，23岁，男姓丰27岁。

26. 门上加上"活"字便为"阔"字，曹操的意思是嫌门大阔了。

27. 古人写字是竖着写，"一合酥"被杨修解释为"一人一口酥"。

28. 解铃还需系铃人。

29. 12个洞。因为每双袜子原本有两个洞（袜口）。

30. 人。人小时候在地上爬，是四条腿；长大了是两条腿；老了拄着拐杖走路，是三条腿。

31. 先生写了两句话是谜面，谜底是"姓名"。

32. 苏东坡：狗啃河上（和尚）骨；佛印：水流东坡诗（尸）。

33. 上联缺了"一"（衣），下联少了"十"（食），横批少了

"东西"。合起来读便是"缺衣少食无东西"。

34. 宋湘的下联"附"谐音"父","归"谐音"龟",意思是那官员"父子当龟"。

35. 雪。

36. 指头朝天—指表示"一",嘴里含巾表示"吊",合起来就是"一吊钱"。

37. 小和尚用谐音的方法,把圆周率小数点后的数编成一首歌来帮助记忆的:"山巅一寺一壶酒,(3. 14159)尔乐苦煞吾(26535),把酒吃,酒杀尔(897932),杀不死,乐尔乐(384626)。

38. "主"字是由"往"字去掉左边的双人旁而成的。所以,书僮写"主"字,意思即是人往左边走。

39. 死秃。

40. 小孩说:"我准备好了,请你把老虎赶过来吧!"

41. 将点燃的蜡烛放在一个人的头上,这样,屋里其他人都能见到蜡烛,只有头上放蜡烛的人自己看不见。

42. 老师所画的是一条毛巾,众人竟把这画的毛巾当成了盖在画上的毛巾。

43. 塔列斯只要测出塔影的长度,就知道塔的高度了。

44. 牌子说的是一首诗谜,四句谜底分别是"有、好、酒、卖"。

45. 要钱不要脸。

46. 解缙的父亲卖烧饼,母亲做豆腐。

47. "爷爷,他是个坏蛋。"

48. 丹尼当时正在做倒立运动,所以有出现这种情况。

49. 张飞叫恶少一手抱孩子，一手抢起三个西瓜，恶少累得满头大汗，还是抱不起来。显然是他诬赖好人了。

50. 私熟先生用谐音法来解释道人的话：'桃烂才是烂'意即逃难才真要遭难！大家离乡背井，到处逃难，不是更遭敲诈勒索，明抢暗偷吗？越逃越糟啊！"

51. 玻璃盆盛满清水，代表"清朝"，将它泼翻在地，含有推翻之意；点亮油灯，表示复明。黑大汉的动作，就是"反清复明"，正好与郑成功志同道合。

52. 秀才画的含义是"危木"，合起来即"桅"，暗示赃物藏在桅杆顶上。

53. 包公念曰："薛补成要王秀娟为妻不能，毁约理所当然。立此为据。"

54. 孔明揭开的谜底为："我出上知天文，他对下识地理；我出一统天地，他对三分鼎立；我出三三归汉，他对九九化原；我出胸装日月，他对袖藏乾坤。真是能文能武啊！"

55. "不知所云"，"离题万里"。

56. 螃蟹、田螺、虾。

57. 郭沫若说："就是'风月无边'的意思，即古人巧用谜语来赞美泰山的景致哩。"

58. 老者要辛弃疾"打沙袋"。

59. 郑板桥长幅中的每一句的头一个字连起来正好是"图写禽兽"，意为骂盐商不是人。

60. 郭老已将院名写在了信封上。因为连院只要求题写院名，所以，只要写好院名，也就算满足了医院的要求。

61. 茶。

62. "百无一是"是"白"；"自无一是"也是"白"。祝、唐认为白牡丹最好。

63. 上联为"油灯"，下联为"一杆秤"。

64. 意为县官搜刮民财，把地皮刮低三尺，所以天就高了三尺。

65. 一、二、三、四、五、六、七、八、九、十。

66. 扇子。

67. 人。

68. 贵阳、开封、上海、宁波、长春、青岛、桂林、锦州、旅顺、重庆。

69. 警。

70. 鲜、秋。